I0761385

Esto no es noticia

Seix Barral Biblioteca Formentor

Philippe Besson

Esto no es noticia

Traducción del francés
Cynthia Fernández Trejo

Título original: *Ceci n'est pas un fait divers*

Diseño de portada: Planeta Arte & Diseño / Erik Pérez Carcaño
Imagen de portada: © Stephen Carroll / Trevillion Images
Traducido por: Cynthia Fernández Trejo

Bajo el sello editorial SEIX BARRAL M.R.
Avenida Presidente Masarik núm. 111,
Piso 2, Polanco V Sección, Miguel Hidalgo
C.P. 11560, Ciudad de México
www.planetadelibros.com.mx

Primera edición en formato epub: agosto de 2024
ISBN: 978-607-39-1798-8

Primera edición impresa en México: agosto de 2024
ISBN: 978-607-39-1608-0

Impreso en los talleres de Impregráfica Digital, S.A. de C.V.
Av. Coyoacán 100-D, Valle Norte, Benito Juárez
Ciudad De Mexico, C.P. 03103
Impreso en México - *Printed in Mexico*

A T., cuyo desgarrador testimonio
dio origen a este libro

Y para Sophiane,
que ha estado siempre presente
en los momentos de incertidumbre

Pauline es discreta, olvida que es
[hermosa.
Sobre todo su cuerpo tiene
[manchas color cielo.
Su marido vuelve pronto a casa, no
[quiere en ello pensar.
Cuando él la toma del brazo, no es
[para sacarla a bailar.

BIGFLO Y OLI,
Dommage

Lo escandaloso del escándalo
es que uno se acostumbra a él.

SIMONE DE BEAUVOIR

1

Al principio, ella no lograba decir ni una sola palabra al teléfono.

Sin embargo, había encontrado la fuerza para marcar mi número y la paciencia para escuchar cuatro veces en su oreja el tono de llamada, porque yo estaba ocupado con no sé qué y contesté hasta el último timbrazo. Por fin, me escuchó gritar su nombre con cierto apuro porque me preocupaba haber perdido la llamada. Pero cuando llegó el momento de hablar, no salió ningún sonido, ninguno, como si se hubiera quedado muda de repente y, en efecto, eso era exactamente lo que había pasado: se había quedado muda *ante la violencia del hecho.*

Yo no sabía nada del hecho. Sólo sabía que mi hermana menor me estaba llamando, cosa que sólo hacía en contadas ocasiones —no hablábamos mucho y lo poco que hablábamos era en persona, cuando yo volvía a casa el fin de semana—. Aunque me sorprendió un poco, no me sentí preocupado realmente. La preocupación vino cuando escuché su aliento, sólo su aliento, en el teléfono; su respiración, la respiración de alguien que se asfixia; eso, sonaba a asfixia. Así que empecé a hablarle de nuevo. Algo alterado, dije: «¿Léa? ¿Léa, eres tú?». Y no hubo respuesta.

Pude haber pensado: me está haciendo una broma o apretó sin querer mi nombre en su lista de contactos y no se ha dado cuenta de que la estoy escuchando. Esas cosas pasan, pero no lo pensé. Pude haber imaginado que se trataba de alguien más al otro lado de la línea, alguien que le robó su celular o que me llamaba en su lugar porque ella no podía, pero no: estaba seguro de que era ella. Aquella respiración, aunque corta y distorsionada, era suya, no había ninguna duda. No podía estar equivocado. Tenía que ver con la intimidad. Y es que ese tipo de certezas son una prueba de ello, de la intimidad.

Como seguía sin decir nada, insistí, esta vez de manera tranquila, borrando cualquier forma de angustia, sin rastro alguno de impaciencia, como si hubiera adivinado que era necesario ser gentil, y fue cuando por fin pudo hablar.

Susurró: «Pasó algo».

Me acuerdo perfectamente de la sensación helada que recorrió toda mi columna; yo estaba sentado en un banco frente a la mesita de la cocina de mi departamento cuando ese frío me hizo enderezar la espalda. Ignoro por qué ese recuerdo es tan preciso y no como esos otros, en su mayoría borrosos, que siempre me exigen esfuerzos importantes para ser reconstruidos —debería preguntarle esto a mi psiquiatra—, pero supongo que algunos instantes decisivos son inolvidables y a veces uno sabe, mientras suceden, que en efecto lo serán.

En ningún momento pregunté: «¿Qué pasó?». Habría tenido tiempo de sobra para hacerlo porque, antes de continuar, Léa dejó pasar varios segundos, al menos unos diez, los segundos que necesitaba para recuperar el control y conseguir nombrar lo indecible. Supuse que formular aquella pregunta no tenía ningún sentido, de cualquier forma mi hermanita estaba a punto de hablar, a pesar de su voz débil, a pesar de su respiración entrecortada. Ella era la única poseedora de aquella verdad y la iba a revelar, le pertenecía. Había telefoneado sólo para eso; elegirme había sido lo más obvio. Se había quedado paralizada al principio, pero luego de haber sido presa de una fuerte conmoción ahora era capaz de hacerlo: diría lo que tenía que decir.

Y eso es lo que hizo.

Ella dijo: «Papá acaba de matar a mamá».

2

Léa tenía trece años, yo diecinueve.

No estábamos hechos para una calamidad de esta naturaleza, de esta magnitud.

Nadie lo está. Por supuesto que no.

Pero nos pasó a nosotros.

3

Cualquier otro en mi lugar hubiera gritado: «¡Qué! ¿De qué estás hablando?», hubiera pedido que se lo repitieran para asegurarse de haber entendido —lo cierto es que en estos casos la mayoría lo ha entendido y pide que se lo repitan como un reflejo pavloviano porque no lo cree, no puede creerlo o está en una especie de negación—. Yo no grité, tampoco protesté.

En lugar de eso, musité un «¿cómo?». Pedí una explicación, intenté entender lo que pasaba de manera exacta, saber cómo habían sucedido las cosas. Y eso fue lo que pasó. No podía aceptar algo tan general, tan colosal. Necesitaba detalles, algo concreto, sustancial, tangible, tenía que haber bordes, aristas.

Léa no respondió.

Me di cuenta, demasiado tarde, de que ese tipo de preguntas no se le hacen a una niña de trece años, y mucho menos a la hija de la víctima.

Así que calmé mis ansias, bajé la voz y lancé la hipótesis que me parecía menos aterradora, una en la que podía vislumbrar la última esperanza, aunque no fuera realista: «No lo hizo a propósito, ¿o sí?».

Ella se limitó a responder con un simple: «Sí».

Un «sí» tranquilo, definitivo.

Un «sí» que nos envió directo al infierno.

Fue entonces cuando por fin dejé de hablar.

Estaba aturdido, paralizado por la noticia, aplastado por ella.

Hay que reconocerlo: era demasiado grande, demasiado inesperada. Incluso hoy, cuando evoco las palabras que susurró Léa y las escucho de nuevo en mi cabeza, con una claridad desconcertante y una sencillez demoledora, vuelvo a sentirme aturdido y devastado. No puedo creer que aquellas palabras hayan sido pronunciadas algún día.

En ese instante me hice polvo, creo. Estaba deshecho. Mi madre estaba muerta. Mi madre, a quien tanto quería, a quien amaba —nunca antes había pronunciado esa palabra, me parecía ridícula; era un tonto—, se había ido para siempre, justo conmigo entrando en la edad adulta. (Esta noticia me arrojó como a un sartén con aceite hirviendo. La imagen es seguramente desconcertante, pero es la más acertada). Me invadió una profunda pena. No hubo lágrimas, ni siquiera sollozos, el desconcierto puede bloquear la expresión de las emociones, pero era sin duda una pena en toda su crudeza. Me invadía un fuerte sentimiento de aflicción, de desolación o llámenlo como quieran.

También sentí horror. Mi madre acababa de sufrir una muerte violenta. Uno siempre piensa que la muerte de sus padres está lejos, que será tranquila, y que habremos tenido tiempo de prepararnos para ella. Se piensa en la enfermedad y se descartan los accidentes, ya sea por falta de imaginación o por superstición. Nunca consideramos el asesinato. Eso sólo ocurre en las películas o en la prensa amarillista.

Luego vino la indignación. Mi madre acababa de perder la vida estando indefensa o, al menos, sin tener ninguna ventaja. Era una mujer menuda, mientras que mi padre era una fuerza de la naturaleza. No tenía ninguna posibilidad contra él.

Además, haber recibido la noticia por teléfono la había hecho aún más irreal y perturbadora. Estaba perdido. Absolutamente perdido. (También había sido culpa mía: llevaba demasiado tiempo apartado. Ya hablaré de eso).

Cuando lo cuento, parece que esta cadena de emociones tomó mucho tiempo. Pero no, apenas duró unos cuantos segundos. Es impresionante la cantidad de estados por los que se puede pasar en tan sólo unos segundos.

La respiración de mi hermanita en el auricular hizo que todo se fuera a un segundo plano: había que atender la emergencia y yo era el único que podía hacerlo, el que tenía que hacerlo. ¿No era *también* por eso que me había llamado?

4

«—¿En dónde estás ahora?

—En la cocina.

—¿Sola?

—Con mamá».

Dijo «mamá» como si nuestra madre aún estuviera viva, como si fuera una persona con vida, como si nada hubiera pasado. Tuve que reprimir un sollozo.

Luego, visualicé la escena. Aún no conocía las circunstancias, pero no fue difícil imaginar el cuerpo en el suelo y la sangre por todas partes. No me malinterpreten cuando digo que «no fue difícil». Obviamente, fue horrible. Insoportable, incluso. Pero era una cuestión de deducción y razonamiento, sobre todo porque conocía a la perfección la topografía del lugar.

Entonces *vi* a Léa de pie junto al cadáver de nuestra madre.

Permítanme detenerme en esta anomalía. Yo nunca vi la escena *con mis propios ojos*. Sin embargo, aquella imagen me persigue con absoluta claridad desde entonces.

«—¿Y papá? ¿Está todavía ahí?

—No. Huyó, no sé a dónde».

De nuevo, empecé a imaginar (era mi manera de corregir mi frialdad, mi distancia, mi ausencia en un trance tan importante). Acaso lo primero que hizo mi padre fue retroceder, sin duda un poco aturdido, luego salió corriendo como un gallina, un cobarde. Quizá ni siquiera azotó la puerta al salir. En la acera, frente a la casa, se tambaleaba como un borracho. En el acto, borré esa imagen de mi cabeza. De alguna forma, parecía suavizar lo que había hecho.

«—¿Estás completamente segura de que mamá está…?

—Sí».

No es que tuviera muchas esperanzas, pero cuando uno nunca antes ha estado en presencia de un cadáver, puede equivocarse, ¿no? Los golpes (si es que fueron golpes) podrían no haber sido mortales. Sin embargo, ese «sí» fue contundente. Léa podía estar alterada, pero su juicio no. (Luego me enteraría de que le había tomado el pulso, otra visión insoportable). Y en medio de toda esa tormenta, los hechos comprobables, las verdades sencillas, servían, para ella, como una brújula.

Estoy consciente de que no terminé mi pregunta, de que no pronuncié la palabra funesta (de eso también estoy seguro). Con el paso del tiempo, me he preguntado si en ese momento me paralicé frente a la realidad, a la manera de un caballo que renuncia ante un obstáculo; o si me faltó valor o si sólo fue que no quise añadirle brutalidad al hecho. Creo que fue Léa quien me interrumpió, lo hizo para protegerme.

«—¿Y tú? ¿Te pasó algo?

—No».

Al parecer no le había hecho nada a ella (estuve a punto de decir «gracias a Dios», excepto que no había ningún dios al cual agradecer, y si lo había, ¿en dónde estaba cuando todo pasó?). Ya tendría tiempo después para averiguar si mi padre la había amenazado, si había intentado algo, cosa que no haría más que aumentar el horror, pero lo que importaba ahora era que estaba sana y salva. Ésa sería la única buena noticia de este día apocalíptico.

«No te quedes en la cocina, por favor. Ve a tu cuarto, cierra con llave y no salgas».

Era importante mantenerla a salvo y, sobre todo, protegerla del terrible espectáculo que tenía frente a ella. Si yo era preso del horror y el miedo, ¿cómo estaría mi hermana?

En especial porque quizá ella había sido testigo del asesinato. Pero eso no me atreví a preguntárselo. Lo hablaríamos cuando estuviéramos frente a frente.

«O si prefieres, ve a casa de la Sra. Bergeon».

Estaba improvisando. Que se quedara en la casa parecía tranquilizador, pero, incluso con la puerta cerrada, podía resultar peligroso si nuestro padre volvía. Refugiarse en casa de la vecina era más seguro. A no ser que el asesino —así era como había que llamarlo ahora, ¿no?— ya no estuviera cerca.

Ella dijo: «Prefiero mi cuarto».

Ése era su lugar seguro, un capullo, un lugar donde no podía pasarle nada. Ahora bien, se supone que en una cocina tampoco tendría que pasar nada. No se supone que te maten en una cocina.

Le contesté: «Como tú quieras».

Luego continué: «Voy a llamar a la policía. Llegará pronto. Salgo para allá en el primer tren».

Ella dijo: «Okey».

Y añadí: «Te llamo cuando esté en el TGV. No voy a dejarte, ¿me escuchas? No voy a dejarte».

Ella volvió a decir: «Okey».

5

Después de colgar, me quedé sentado en el banco.

Sabía que tenía que ocuparme de la policía y de mi boleto de tren, pero antes necesitaba buscar en mi memoria la última vez que había visto a mi madre con vida.

Había sido tres semanas antes, en la estación del tren.

Intenté recordar sus últimas palabras, pero no pude. Sin duda fue alguna tontería. Algo así como: «¿Llevas tus llaves?».

Intenté reconstruir la última imagen. En mi recuerdo, ella estaba de pie en el andén, haciendo un gesto con la mano para despedirse. Creo que yo también lo hice, pero no estaba seguro.

La imprecisión y la duda me atormentaron.

Sentí que no debía incorporarme inmediatamente. De algún modo, tenía que recobrar el sentido para no desmayarme y caer.

Como después de un examen de sangre.

Necesitaba pensar, salir de aquella breve pero delirante conversación con mi hermana; volver a tener alguna forma de control.

Entonces pronuncié aquellas palabras en voz alta, como en una suerte de ejercicio de liberación: *mi padre acaba de matar a mi madre.*

Eso era lo que necesitaba: decir las palabras en voz alta, con la intención de que adquirieran consistencia, materialidad, sentido; con la esperanza, poco racional, de alejar también su contenido, al menos un poco.

Sin embargo, el resultado que obtuve fue otro. Frente a la pequeña mesa, me di cuenta de que, aunque estaba conmocionado, en cierto sentido no estaba del todo sorprendido.

Pensé: eso tenía que pasar.

O, mejor dicho: eso podía pasar.

Y, sin embargo, nunca antes me había planteado semejante predicción. Nunca.

¿Entonces?

Quizá era algo que había estado escondido en mi inconsciente y al fin surgía.

Demasiado tarde.

O quizá no.

Lo aparté de mi mente. No era momento de pensar en ello. Sabía que tenía que volver para enfrentarlo, pero primero había que lidiar con lo más urgente…

Normalmente, habría tenido que marcar el 17. Sin embargo, en lugar de eso, busqué y encontré el número de la estación de policía de Blanquefort. ¿Por qué? Porque pensé: si marco el 17, me va a atender un desconocido, encerrado en un despacho en quién sabe dónde, sentado frente a un conmutador, con los auriculares puestos; alguien que querrá seguir un procedimiento, un protocolo, que me va a pedir que deletree, que repita, que va a poner en duda mi palabra. Y entonces me dije a mí mismo: voy a perder el tiempo y no estoy para que me traten con desenfado o desconfianza. Supuse que recibían muchas llamadas y que su primer impulso era filtrarlas, eliminarlas, porque seguramente se encontraban a diario con muchos locos o personas que atascaban la línea con incidentes sin importancia. Yo quería oír a una persona de verdad al otro lado de la línea, alguien que conociera la ciudad, que conociera a mi madre, quizá. Contestó una mujer. Pude identificar que era joven por el sonido de su voz. Se lo conté todo de golpe. Intuí que mi relato la había sobrecogido un poco, sin embargo, resolvió lo siguiente: «Vamos a enviar un equipo de inmediato».

Cuando vuelvo a ese momento, pienso que ella pudo haber creído que yo era un bromista siniestro. Pero no, me creyó. Supongo que mi pánico la convenció. Y también la cantidad de detalles que le di: nombre, dirección, número de teléfono, descripción de la casa. También le dije: «¿Conoce la calle Poumeau-Delille? ¿La parada de autobús "République"? Está justo detrás». A menudo, son estas imágenes prosaicas las que hacen verosímiles las historias más irreales.

Inmediatamente después, me dirigí a Montparnasse sin boleto y con una maleta casi vacía. En el vestíbulo de la estación, estaban las pantallas con las corridas: cinco minutos más tarde salía un tren hacia Burdeos. Tuve suerte (este pensamiento fugaz se tornó sombrío a los pocos segundos). Localicé el andén y subí al primer vagón en el momento que anunciaron el cierre de puertas. Si algún inspector de tren quería multarme por no tener boleto, siempre podía alegar que mi madre acababa de morir y que mi padre la había matado. ¿Habría funcionado? El drama tiene sus ventajas, en efecto, irrisorias. Nadie se acercó a revisarme.

El tren acababa de salir de París cuando un número desconocido apareció en la pantalla de mi teléfono. Contesté. Se trataba de un comandante de la estación. Se presentó, pero no pude retener su nombre. Le pedí que esperara mientras me acomodaba entre dos vagones. Empezó por comprobar mi identidad. Dijo que estaba «dando seguimiento» a mi llamada y que se encontraba «en el lugar». Su voz era grave, neutra y profesional, pero de pronto cambió cuando dijo: «Puedo confirmar que su madre ha fallecido. Lo siento mucho».

Me pregunté si en las escuelas se enseña a los oficiales a adoptar un tono más suave y compasivo cuando se trata de dar noticias de esta naturaleza o si la experiencia les había permitido desarrollar una suerte de tacto o si, más bien, a pesar de sus años de servicio, no siempre podían reprimir sus emociones.

Yo, por mi parte, tenía los ojos clavados en el símbolo sobre la puerta del baño del tren cuando la muerte de mi madre se convirtió en un hecho oficial, catalogado, indiscutible. Fue grotesco. Nunca podré olvidarlo.

Salí de mis pensamientos y pregunté por Léa. Volviendo a su tono imparcial y su vocabulario procesal, me aseguró que la habían «puesto a salvo y la tenían vigilada». Ignoraba en qué consistía esta vigilancia: ¿la habían metido en el asiento trasero de una patrulla? ¿La habían dejado con un médico o un bombero?

Y, entonces, aunque nadie podía escucharme bajé la voz y le hice la pregunta: ¿cómo murió mamá? Él me contestó con evasivas: «¿No preferiría estar aquí para que le dé esa información?». Me di cuenta de que lo que tenía que decirme era atroz. Volví a insistir; cedió. Por la manera en que lo dijo, haciendo uso de un término policial, sospecho que buscaba suavizar el golpe: «Uso de arma blanca». Así que mi madre había sido apuñalada. «Varias veces». Mi madre había sido acribillada con un cuchillo.

6

No tengo recuerdos precisos de aquel trayecto. Los paisajes desfilaban uno tras otro, me eran familiares —en aquella época tomaba ese tren con bastante frecuencia—, pero no los miraba, o quizá estaba ciego, todo era verde, verde en movimiento; o tal vez eran campos que se extendían hasta perderse de vista, nada que llamase mi atención. Sólo recuerdo a una mujer enfrascada en la lectura de una revista y, un poco más lejos, a una niña muy inquieta. Me molestaban sus gritos, su hiperactividad. Me sentí culpable por ser tan intolerante. Más bien, debí haberme maravillado por esa niña que ignoraba la fragilidad de nuestras vidas y se burlaba del drama que la rodeaba. Me puse los audífonos y empecé a escuchar los éxitos de Pet Shop Boys. Pop cursi, completamente fuera de tono con la situación. No me interesaba. Lo que importaba era la música y tener algo de distracción.

Intercambié mensajes de texto con Léa (me confirmó que había un policía cuidando de ella). Estaba cumpliendo mi promesa. Pronto me reuniría con ella, estaríamos juntos, podría darle un abrazo. No escribí que iba a abrazarla. No quería que el gesto se confundiera con lástima que perturbara esa suerte de pudor que siempre había existido entre nosotros. Lo sé, era ridículo. Las circunstancias eran tan excepcionales que se habría podido justificar un cambio en nuestras costumbres, sin tener que decir nada. Parece que, incluso en medio de lo terrible, de lo impensable, algunos reflejos permanecen.

Entre mi prisa por llegar con ella y la culpa que experimentaba (ya) por no haber estado ahí, el tiempo pudo haber parecido una eternidad, pero curiosamente no fue así. No lo sentí pasar porque era abstracto, confuso, desordenado y brumoso a la vez. Quizá algo bueno en medio de todo este caos.

Esta bruma en mi cabeza tenía una sencilla razón de ser: no podía dejar de darle vueltas a todo. Me preguntaba *por qué* mi padre había matado a mi madre, *cómo* había podido llegar a esto. Era como en los sueños o las pesadillas en donde estás atrapado y no puedes seguir adelante. La pregunta se repetía una y otra vez, formando un bucle perfecto e insoportable.

Al llegar a la estación de Saint-Jean, en vez de tomar el tranvía como de costumbre, pedí un taxi. No me importaba gastar el dinero de la semana, sólo quería llegar.

El viaje en auto me llevó de vuelta a la infancia, a sensaciones concretas de la niñez. A cuando Léa y yo viajábamos sentados atrás del coche mientras nuestros padres iban tensos en la parte de adelante: mi papá iba estresado porque no se podía avanzar, nunca se podía, creía que los embotellamientos estaban reservados para él, que la gente decidía aglutinarse o conducir deliberadamente mal para hacerlo enojar; y mi madre porque siempre temía haber olvidado algo: agarrar la cartera, cerrar la casa con llave, o porque algo tan ordinario como ir de compras al centro comercial le producía ansiedad. La perturbaba no haber puesto todo en su lista, el choque de los carritos y, a veces, incluso, los inesperados anuncios por el micrófono ofreciendo grandes ofertas. De hecho, ahora que lo pienso, a menudo se asustaba. En el taxi, me di cuenta de que no habíamos prestado suficiente atención, que aquel comportamiento tenía que venir de algún lado.

Hoy en día, después de haber entrevistado a las personas más cercanas a mí (familia, amigos, vecinos y colegas), a abogados y expertos, luego de haber explorado los expedientes judiciales, escuchado atentamente lo que víctimas y asesinos tenían que decir, así como de haber leído cosas en internet, estoy seguro de algo: el miedo vino de él, de mi padre.

7

Cuando llegué al lugar, había varias patrullas estacionadas y la casa estaba acordonada por una cinta de seguridad detrás de la cual se agolpaban los curiosos. A la gente le fascinan esta clase de sucesos, por eso reduce la velocidad al borde de la carretera cuando pasa cerca de un choque que acaba de ocurrir; quiere estar en primera fila porque es un espectáculo. Desde ahí, los mirones podían escudriñar los rostros de los investigadores, interpretar cada gesto, esperar la salida de una camilla o un cadáver. Lo lamentaban, se sentían horrorizados, pero no abandonaban su puesto de observación por nada del mundo. No era compasión o, al menos, no sólo compasión, era voyerismo. Vi dos o tres caras conocidas entre esas personas. Enfurecí: estaban hablando de mi madre, ¿no tenían ninguna clase de pudor? Este enojo se disipó cuando noté que el capitán al mando avanzaba hacia mí para permitirme atravesar el cordón de seguridad.

Pierre Verdier. Sobre él tengo algo que decir. Un hombre íntegro, ésa fue la primera impresión que tuve de él. Probablemente por su recato, su pelo canoso y el sentido de servicio público que emanaba de él. Hay personas así, dan la impresión de que están ahí para asegurarse de que todo va a estar bien. Ése era Pierre Verdier. Quizá esto no decía nada de sus aptitudes, y yo podría haber estado por completo equivocado. Pero en ese momento, pensé: estamos en buenas manos.

(En aquel entonces, ignoraba que a veces los policías pasan por alto lo esencial, que a veces no prestan la atención debida a una llamada de auxilio).

Sin embargo, esta confianza que enseguida deposité en él no importaba en realidad: mi madre estaba muerta y sabíamos quién la había matado, no había ningún misterio que desentrañar, ninguna investigación que hacer. Sólo un asesino que encontrar. Porque eso sí, mi padre se había desvanecido en el aire. Ahora bien, en situaciones como ésta, en las que estás tan indefenso y perturbado, te agarras fuerte a la primera mano que se tiende hacia ti, a la primera voz reconfortante que escuchas.

Verdier volvió a darme el pésame, me llevó a un lado de la casa, lejos de los curiosos y me preguntó si necesitaba algo. Parecía estar ganando tiempo en medio de una conversación lenta, casi susurrada, cuando de pronto lo supe: no me dejarían entrar. Me lo confirmó de inmediato: «Es la escena de un crimen, ¿me entiende? Y su madre sigue dentro. De todas formas, se le pedirá que reconozca su cuerpo de manera oficial cuando lo lleven a la morgue».

Caí de rodillas, literalmente.

Se armó entonces un alboroto entre la gente. De seguro algunos nos vieron, a mí caer, al comandante intentando ponerme en pie y a uno de sus subordinados corriendo para ayudarlo.

Cuando me levanté, noté que había polvo en la parte inferior de mis pantalones y me lo sacudí de modo mecánico. Detalles como éste quedaron grabados en mi memoria. Todo me parecía incomprensible, como si estuviera rodeado por la bruma y, a pesar de todo, no he olvidado ese gesto, sacudir el polvo de mis pantalones. Tampoco he olvidado los murmullos.

Protesté: quería ver a mi madre, era inhumano negármelo. El comandante conservó la calma: no se podía entrar a la escena del crimen, no se podía correr el riesgo de dañarla, había una investigación en curso, y esa investigación era la prioridad, había que seguir el procedimiento al pie de la letra, dijo que lo sentía, pero así eran las cosas. Y para que me entrara en la cabeza que todo había cambiado, añadió: «Es más, la casa será clausurada, así que tendrá que buscar otro sitio donde quedarse».

Me quedé mirándole unos instantes, ya no estaba enfadado, de un momento a otro mi enojo se disipó, acababa de comprender que sí, en efecto, nada volvería a ser como antes, que nuestras vidas eran ahora una noticia, un asunto para la policía, para los tribunales, que ya no teníamos voz ni voto en el asunto.

8

Le supliqué: «Y Léa, ¿puedo verla?».

Pierre Verdier asintió: «Su vecina se ofreció a cuidarla. Pero va a tener que acompañarnos pronto a la estación. Tenemos que interrogarla. Es la única testigo».

En ese segundo, lo supe.

Supe que ella lo *había visto todo.*

Que mi hermana había visto a su madre ser asesinada por su padre.

En ese instante me pregunté: ¿cuántos años serán necesarios para que mi hermana supere este trauma, para salir del abismo? O, mejor dicho, ¿será realmente una cuestión de tiempo?

Sentí una compasión y un dolor inmensos. No recuerdo ya en qué orden.

Y luego, dejé esto a un lado. Tenía que mantener la cabeza fría.

Continué hablando en un extraño ritmo de metralleta: «¿Puedo ir con mi hermana a la estación?».

El hombre de uniforme vaciló: «Oficialmente, usted no es testigo y no me gustaría que influyera en su declaración, aunque no sea su intención».

Volví a suplicar: «Es una menor… Y va a ser muy duro para ella, va a ser mejor si yo estoy a su lado».

El comandante accedió a mi petición asintiendo con la cabeza.

Caminé hacia la casa de los Bergeon, que era casi idéntica a la de mis padres. Vivíamos en una zona suburbana, todo se había construido al mismo tiempo, a mediados de los años setenta, todo se parecía. Incluido el jardín delantero.

Sí, era la misma casa, pero en ésta no había muerto nadie, no habían asesinado a nadie. Me dije: es como un rayo que cae sobre un árbol y deja intacto el de al lado. Es una cuestión de destino o de suerte.

Sin embargo, la casualidad no tenía cabida en esta historia.

Podía intuirlo, pero seguía negándome incluso a pensarlo.

Alcancé a ver a Léa. Estaba de pie frente a la ventana de la sala. Desde ahí escudriñaba nuestra casa como si no quisiera perderse ni un minuto de lo que estaba pasando, o como si estuviera hipnotizada por el *ballet* de policías que iban y venían o por el color rojo del camión de bomberos; pero no era nada de eso. Conocía esa mirada, era una mirada de introspección, de retraimiento del mundo exterior. Estaba absorta. De hecho, no me vio acercarme, de lo contrario me habría saludado; incluso, sonreído. No, sin duda estaba recreando la escena que había presenciado, estaba siendo asaltada por esas imágenes, invadida, asediada por ellas. Lo adiviné por el terror que vi en sus ojos cuando llegué a la ventana. Un terror monumental.

Pronuncié su nombre en voz alta como para sacarla de su pesadilla y que descubriera que ya no estaba sola. Yo estaba ahí, íbamos a afrontar la prueba juntos. En cualquier caso, estaba convencido de que mucho dependía de mí, de mi fuerza, de mi amor por ella; no podía fallar. Debía repetirme este mantra, para evitar que me consumiera la pena, el dolor y el odio. Primero tenía que resolver otras cosas. Primero estaba Léa.

Visto en retrospectiva, sé que, sin proponérselo, mi hermana me salvó de hundirme en una tristeza profunda o en un letargo desolador. No podía permitírmelo.

Cuando llegué a su lado, la tomé en mis brazos. Por fin, me permití esta ternura. O, mejor dicho, la ternura misma se impuso, se desbordó. Léa se dejó abrazar, pero me pareció que era como abrazar a un árbol: se quedó tiesa, mantuvo los brazos en los costados. Su apatía no era hostilidad, decía que la vida se le había ido, la posibilidad de moverse, de sentir. Ante esto comprendí, de una mejor manera, la violencia que había sufrido y que la había drenado hasta dejarla como un cuerpo vacío.

Ubiqué a la Sra. Bergeon: estaba de pie a una buena distancia, en el marco de la puerta de la cocina, con los brazos cruzados sobre el pecho, las manos nerviosas y los ojos brillantes. ¿De qué otra forma describir el desasosiego y la impotencia? Le hice un gesto con la mano en señal de agradecimiento.

Quería mucho a la Sra. Bergeon. Ella y su marido habían sido nuestros vecinos desde siempre, se habían mudado ahí sólo seis meses antes que nosotros. Frédéric, su hijo mayor, tenía un año más que yo; Lucie, la pequeña, un año menos, habíamos crecido juntos. La Sra. Bergeon sabía todo sobre nuestra familia y nuestras vidas. Tenía la costumbre de hablar con mi madre a través de la cerca.

Intercambiaban recetas, se hacían favores, se ayudaban, nunca se habían peleado. Probablemente no eran amigas de verdad. La amistad se construye con algo más que la frecuencia cordial, pero eran cercanas, en todos los sentidos de la palabra, de eso no había duda.

Durante mucho tiempo, la Sra. Bergeon había creído que estaba segura, a pesar de los horrores que salían en la televisión, a pesar del miedo que se insinuaba por todas partes; estaba convencida de que no podía pasarle nada, ni a ella ni a su familia. Acababa de descubrir que estaba equivocada, que lo peor siempre puede acudir a donde menos se le espera.

También acababa de descubrir que todo ese tiempo había estado ciega. ¿Cómo es que nunca se había dado cuenta de que aquella pareja tenía problemas que desembocarían en lo irreparable, en la furia del hombre matando a su mujer? No necesitaba confesármelo, sus ojos asustados y afligidos hablaban por ella.

También había culpa en su cara.

Estreché con más fuerza a Léa.

9

Dos horas más tarde, estaba en el servicio médico forense, como me habían pedido.

Llegué ahí como un sonámbulo, tanto que no recuerdo nada del trayecto, ni siquiera al policía que me acompañaba. Recuerdo un poco al hombre que me recibió, un tal Joseph. Su nombre estaba escrito a mano, con mayúsculas, en una etiqueta que traía pegada en la espalda sobre su bata: se me quedó grabado.

El hombre me pidió en un tono muy suave que lo siguiera y yo obedecí con miedo (en ese momento, yo ya no decidía nada, renuncié a intentarlo). Caminamos por un pasillo interminable de paredes verde oliva. Joseph caminaba un poco torcido. Me pregunté si sería un defecto de nacimiento o el resultado de un accidente. Concentrarme en este tipo de detalles fue probablemente lo que me salvó del desmayo. Me hizo entrar en una habitación fría, revestida de azulejos, limpia e iluminada con luces de neón. A un lado, señaló unos cajones. Me di cuenta de que era ahí donde guardaban los cuerpos sin vida.

Dijo: «Su madre está cubierta por una sábana. Sólo le mostraré su rostro y usted podrá confirmar que efectivamente se trata de ella. No tomará más de diez segundos. Le aconsejo que sea rápido, acuérdese que esto sólo es una obligación administrativa».

Me imaginé que ése era el sermón que repetía todos los días. Supuse que tenía razón, que quizá sería más soportable si lo veía como «una obligación administrativa». También pensé que yo no sería capaz de verlo como una obligación administrativa.

Lo hizo rápido, aunque levantó la sábana con un gesto delicado. Miré su rostro descubierto y de inmediato aparté la vista. Era en verdad insoportable. Asentí con la cabeza. Era suficiente para Joseph. Debía de estar acostumbrado a esta clase de afasias.

El cajón se cerró de golpe. Fue tan breve que quizá algún día creeré que nunca existió, quizá lo olvide porque será demasiado vago, demasiado impreciso. Me llenaba de estas falsas esperanzas para no volverme loco por completo.

Mucho tiempo después, me dije: si aquel día hubiera visto el cuerpo entero, toda la extensión de los daños, eso me habría puesto en igualdad con Léa; ella no habría estado tan sola en el horror y las cosas habrían podido ser diferentes, pero ¿cómo saber?

Dicho esto, aunque me lo hubieran permitido, no creo que hubiera aceptado ver a mi madre desnuda. Habría sentido que le robaba su intimidad final.

10

En medio de esto, recogí a Léa y fuimos a la estación de policía.

Había pasado varias veces delante de ese edificio de piedra estilo bordelés, al que se había añadido un moderno anexo de techo plano a lo largo de la avenida Général-de-Gaulle, pero nunca había entrado. Siempre habíamos vivido en Blanquefort, sin embargo, nunca se nos presentó la ocasión de entrar. Creo que es normal; no abundan las razones para ir de visita a la estación de policía.

Por eso mismo, estaba un poco desconcertado cuando abrí la puerta. El lugar me resultaba familiar y desconocido a la vez. Di nuestro nombre en la recepción, pero la joven que estaba de guardia me interrumpió, mirándonos a mi hermana y a mí con lástima: «Sé quiénes son. Los llevo con el comandante». (Estábamos descubriendo la lástima, sentimiento que se convertiría en un compañero frecuente).

Seguimos sus pasos y caminamos por un largo pasillo (el segundo del día para mí, ¿habría otros?). Las puertas estaban abiertas y, tras ellas, la gente nos lanzaba miradas furtivas, como si estuvieran frente a un par de creaturas raras, o puede ser que me equivoque, tal vez lo estoy inventando.

De entrada, Pierre Verdier nos dijo que nuestro padre seguía desaparecido y que quería tener toda la información, por insignificante que fuera, que pudiera ser útil para «localizarlo» lo antes posible.

¿Cómo estaba vestido? ¿Se había lastimado? ¿Había dicho o insinuado algo durante su arrebato? ¿O después? ¿Cuáles eran sus rutinas? ¿Tenía algún lugar favorito? Y entre éstas, muchas otras preguntas que he olvidado.

Por supuesto, también había que hacer un relato detallado de *lo que había sucedido*. Y elaborar un «retrato psicológico del agresor», como él decía.

Verdier sabía que sería un momento delicado, así que tomó el tiempo necesario antes de entrar a la parte complicada del asunto, para dejar que Léa se acostumbrara a la oficina. Sin embargo, ella no tenía ningún interés en aclimatarse a ese cuarto, se limitó a mirar fijamente al hombre sentado frente a ella y a responder de forma mecánica las preguntas preliminares.

Finalmente, cuando se sintió preparada, respiró hondo y comenzó a describir la escena: «Estaba en mi habitación, escuché un ruido, mis padres estaban discutiendo abajo».

El policía la interrumpió, casi en un murmullo: «¿Sabes sobre qué era la discusión?».

Negó con la cabeza. No era la primera vez que peleaban y, en esos casos, ella prefería cerrar la puerta y esperar a que terminara, pero esta vez no terminaba, seguía y seguía. Fue entonces cuando escuchó el ruido de los platos rompiéndose.

«—¿Puedes ser más precisa? —preguntó Verdier.

—Como si alguien hubiera tirado platos al piso —respondió Léa y luego agregó—: sabía que había sido mi papá; mi mamá jamás habría roto un plato.

—¿O la empujó contra el mueble y los platos se cayeron? ¿Es posible? —objetó él».

Ella dijo que no lo sabía, pero sí, era posible. Tras el estruendoso rompimiento de la vajilla, Léa se puso afuera de la puerta de su habitación en el primer piso, pero no pudo distinguir a sus padres en la cocina, «no desde el descanso», así que «tuve que bajar dos o tres escalones y, desde ahí, los vi».

En ese instante, se detuvo, le sobrevino un hipo que se convirtió en sollozo, luego en una respiración entrecortada.

Verdier dijo: «Tenemos todo el tiempo que se necesite». Era mentira, los tres lo sabíamos, pero Léa se agarró de eso como quien se agarra de un palo para no ahogarse.

No podía quitar mis ojos de Léa, estaba ciego a todo lo que nos rodeaba; el ligero desorden del despacho, los carteles oficiales en las paredes, la pobreza de la Administración. Era mi forma de apoyar a mi hermana; y también estaba en proceso de descubrir la verdad (no había tenido fuerzas para hablar de nada de esto con ella en casa de la Sra. Bergeon. Me había dicho a mí mismo que era demasiado pronto, fingía proteger a Léa; era a mí a quien protegía, por supuesto). Creo que necesitaba la ayuda de un contexto rígido como éste para poder soportarlo.

Léa continuó: «Vi a mi padre apuñalándola. En realidad, es raro, también los escuché. No me refiero a los gritos de mamá, sino los golpes del cuchillo clavándose; no sabía que hacían ruido».

El comandante y yo intercambiamos una mirada rápida. Creo que estaba más preocupado por mí que por mi hermana. Ella continuó: «Fueron muchas puñaladas, muchas».

Diecisiete. El número exacto aparecería en el informe. El policía ya lo sabía, pero yo no.

Me puse de pie de un salto, con ganas de vomitar. Corrí hacia una pared, me incliné sobre un cubo de basura que había visto; pero no salió nada, sólo estertores, gritos guturales, gritos de animal.

Verdier se levantó a su vez, se acercó a mí y me dijo: «Lo siento mucho, tenemos que continuar. ¿Cree poder seguir?».

Asentí y volvimos a nuestros asientos. Léa estaba pálida y tranquila.

11

La cabeza me daba vueltas. Me debatía entre la voluntad, la necesidad de saber más, de saberlo todo, y el terror de que la verdad me hiciera pedazos.

Para mi hermana, las cosas parecían más sencillas: la interrogaban, respondía, era testigo, relataba los hechos. Evidentemente, las apariencias engañan: sin duda, había una tormenta sucediendo en su cabeza, sabíamos del trauma infligido. Pero digamos que su relativa placidez, su precisión e incluso su determinación parecían mostrar lo contrario. Yo estaba admirado.

Pero también me sentía preocupado. Pensé: se lo está tomando todo con demasiada calma, está haciendo esfuerzos inhumanos por aguantar, por hacer lo que se espera de ella; pero al final esto terminará por derrumbarla, se derrumbará de verdad, y quizá los daños sean irreparables.

Mi única certeza era que estábamos dañados de manera permanente. La cuestión era hasta qué punto.

Mientras tanto, teníamos que seguir atendiendo a las peticiones de Pierre Verdier.

«¿Tu padre dijo algo? ¿Durante? ¿Después? No me gusta hacer estas preguntas, créeme, pero son necesarias para saber si, en un momento dado, pudo dejar alguna pista sobre sus siguientes pasos, sobre su huida…».

Léa comenzó a sofocarse de nuevo, la pregunta era terrible; sin embargo, hizo el esfuerzo por ser útil y buscar en su memoria.

«—Gritaba cosas, pero no sé qué, sólo veía el cuchillo, a mi madre intentando protegerse con los brazos, a mi madre cayendo, suplicándole que parara; del resto de cosas que se decían, no me acuerdo.

—¿De verdad no te acuerdas?

—Eran insultos, creo. Ah, y reproches también, decía que ella era la que lo había llevado al límite, que todo eso era culpa suya.

—¿Y luego?

—Luego… Él me vio.

—¿Y qué dijo?

—Tenía una mirada que nunca le había visto… Sostenía todavía el cuchillo en la mano…

—¿Te amenazó? ¿Se te acercó?

—No, sólo se quedó allí, unos segundos, mirándome fijamente, y luego se fue. Sin soltar el cuchillo.

—¿Crees que para matar a otras personas?

—No. Había terminado. Estaba… cansado.

—¿Cansado?

—Respiraba con dificultad, como si regresara de correr…

—Pero el cuchillo, de todos modos, no lo tiró, no se deshizo de él…

—Era como si ya no pudiera verlo o sentirlo. Su mano lo sostenía por inercia. Bueno, eso es lo que yo pienso por lo que vi, pero no creo estar equivocada».

Era curioso, pero entendía lo que quería decir, su intuición me parecía acertada aunque yo no había sido testigo de los hechos y, por lo tanto, no podía corroborarlo de ninguna manera. Podía *ver* el agotamiento del asesino una vez cometido el acto, y estaba *seguro* de que su única víctima sería mi madre. Ella era su único blanco, el único objeto de su resentimiento, la única destinataria posible de su odio, la única razón de su arrebato, el único receptáculo de su furia. No habría otro mártir, ni siquiera por desesperación; ya no podía ser peor.

«Léa, necesito preguntarte algo más...». La frase provocó otro estallido silencioso.

«—Según lo que oíste, lo que viste, según lo que percibiste, ¿tu padre llegó a casa con la intención de matar a tu madre o fue la pelea lo que desencadenó su acto?

—¿Qué diferencia hay?

—Es la diferencia entre un asesino y un homicida».

Al principio no contestó. Luego giró lentamente la cabeza y me dirigió una mirada, como si quisiera que la ayudara a responder. Y comprendí. Por la forma en que me veía, comprendí lo que se escondía en ese silencio: «Lo sabíamos, ¿verdad? Sabíamos que podía ocurrir». Sólo pude agachar la mirada.

La respuesta de Léa cayó segundos después: «No lo sé».

12

La policía buscaba a mi padre. Habían mandado traer refuerzos de Burdeos. Se había lanzado un llamado en busca de testigos. A través de los canales de televisión, que habían sido enviados al lugar de los hechos, se invitaba a mi padre a entregarse a la justicia. Si llegara a ser necesario, se organizaría un operativo de búsqueda.

Pierre Verdier, por su parte, se concentraba en lo suyo, en los elementos que debería proporcionar al juez que acababa de ser asignado al caso, y en el informe que presentaría a la justicia. Por lo tanto, continuó con su interrogatorio.

Por primera vez, se volteó hacia mí.

«¿Por qué no me habla de ellos… de sus padres…?».

En ese instante quedé desarmado. En primer lugar, porque hasta ese momento había sido lógico que quien tenía que hablar era mi hermana;

y en segundo, porque no me había planteado salir de mi neutralidad. Es más, nunca antes había *hablado de mis padres.* Es decir, nunca a detalle, nunca sobre su relación. Es cierto que a mis amigos les había hablado de sus profesiones, de la ciudad en la que vivían y de su edad, pero nada más. Me había ceñido a cosas concretas, objetivas, tangibles, que no me exigían juzgar, tomar partido ni revelar nada, y con eso me parecía suficiente.

El ejercicio al que se me estaba invitando exigía intimidad, introspección; más aún, requería de una suerte de preparación y trabajo previo. No obstante, hice todo lo posible por complacer al comandante, supongo que por sentido de disciplina. Dicho esto, debo admitir que me obstiné en ceñirme a generalidades o impresiones vagas; me frenaron más de una vez las dudas y, sobre todo, me di cuenta de que me faltaban muchos elementos, muchas piezas del rompecabezas de la relación de mis padres. Hoy en día, después de todos esos meses y años dedicados a investigar e interrogar a sus allegados, puedo contar una historia completamente distinta.

Les entrego esta versión de la historia que, es probable, sea más justa que los pobres fragmentos que solté en aquella época.

Y, esta vez, empiezo por mi madre, ya que es ella quien debe ser puesta al centro de todo esto. (Ante el comandante, hablé primero de él. Podría decirse que era de esperarse que empezara por el hombre que estaba siendo buscado, pero creo que no debíamos ser tan obedientes, tan metódicos, ella merecía que comenzáramos por su historia).

Cécile Morand. Nacida a mediados de los años setenta. Si la imagen de época que les viene a la mente son pantalones acampanados, flores en el pelo, paz y amor, armonía con la naturaleza, luchas feministas, luchas obreras, Pompidou hinchado de cortisona, entonces están mirando hacia el lado equivocado. Es decir, por supuesto que estaba eso, pero no en Blanquefort, Gironda, de siete mil habitantes en ese entonces. Cécile Morand era primero que nada la hija del dependiente de una tienda de tabaco. Y eso bastaba para definirla, la resumía, resumía su mundo.

Hija única. Niña milagro, nacida después de cuatro abortos espontáneos y la resignación de sus padres; llegó al mundo justo cuando toda esperanza había sido guardada en lo más recóndito, como se guarda la ropa ligera en los armarios cuando se ha ido el verano. Niña amada, quizá más que eso, mimada, pero no malcriada, porque ése no era el tipo de casa, el dinero no se tiraba y lo que menos querían era una niña que no conociera el valor de las cosas, que fuera maleducada y de espíritu condescendiente. Alumna promedio en la escuela, porque sus padres no habían ido más allá de la educación básica, no poseían las claves de la excelencia, ni estaban consumidos por la ambición. Niña sociable, cuyos amigos vivían en casas vecinas, porque en eso consistía esa vida: en llevarse bien con los vecinos, saludarse por la mañana y por la noche, invitarse a sus casas de vez en cuando. Niña sedentaria, sin pretensiones de viajes ni vacaciones porque no se tenían los medios, y el negocio sólo cerraba dos semanas al año. Aun así, estaban las acampadas en los Pirineos, una temporada en España y aquella excursión a Londres cuando era adolescente; no más. Una existencia mediocre, dirían algunos, pero ella no lo veía así. Y entonces, a los dieciocho años, las escasas posibilidades se cerraron de golpe para ella; su madre enfermó de cáncer y falleció en menos de un mes, tras una pena devastadora, en la que no había tiempo para regodearse, porque era un lujo que no podían darse, ya que rápidamente había que tomar el control del barco. El padre le dijo a su hija: ¿y si la sustituyes en el negocio? ¿si te vinieras a trabajar conmigo? Vender periódicos, tabaco, juegos de rasca y gana, servir bebidas en el mostrador; no es cualquier trabajo, es un trabajo que implica saber tratar con clientes y que no es probable que desaparezca. Está muy bien tener el bachillerato, pero ¿qué vas a hacer con él? Ella dijo que sí, no iba a decir que no a su padre, no a un viudo. De hija de dependiente de una tienda de tabaco pasó a ser la dependienta de una tienda de tabaco. El día de su muerte aún lo era.

«Una joven preciosa», dijeron quienes la conocieron cuando tenía dieciocho años. Estas personas eran amigos de sus padres, de sus tíos y de su abuelo. Algunos de los que tenían su edad recordaron que estaba «buenísima», otros, que tenía «mucho encanto» con su largo pelo castaño y el lunar bajo el ojo izquierdo. Sus amigas de ese entonces dijeron que ella era «divertida, alegre, tranquila y siempre estaba para ti en los momentos difíciles». Me enteré de que le gustaba ir a bailar los sábados por la noche a un club de Burdeos (me dieron el nombre, pero ya lo olvidé, igual cerró hace mucho). Que le gustaba pasear por la playa de Arcachón los domingos por la tarde, cuando la tienda cerraba. Que leía novelas rosas: la gente se burlaba de ella, pero no le importaba. Tuvo aventuras y romances, nada serio, nada duradero, estaba bien con eso. Y, entonces, un día, su camino se cruzó con el de Franck Malzieu. Mi papá.

13

Lo que recuerdo es que no hablaba mucho de su infancia y, cuando lo hacía, era evidente que algo pasaba. Mi tía Muriel, la única con la que pude hablar después de los hechos, me dijo: «La separación de nuestros padres, cuando todavía éramos muy niños, le afectó demasiado. No se notaba, pero yo, que lo conocía demasiado bien, estaba segura de eso. Tu padre no entendía el motivo de su separación. Pero era simple: nuestros padres no estaban hechos para vivir juntos, se peleaban todo el tiempo, y lo único que nuestro papá quería era volver a Lorraine, su tierra natal, y eso es exactamente lo que hizo en cuanto se divorció. Por eso nunca lo conociste, se lo tragó la tierra. Mi mamá nos crio sola, a tu padre, a tu tío y a mí. Creo que Franck los culpaba a ambos por no seguir juntos, por no haber hecho todo lo posible para quedarse. Se empezó a encerrar en sí mismo.

Se volvió un hombre duro. Duro con nuestra madre, con nosotros, con su hermano y su hermana. Duro también con el dolor. Cuando se lastimaba, cosa que pasaba a menudo en el rugby o cuando tenía sus accidentes de moto, hacía como si nada hubiera pasado, aunque estuviera sangrando. Y no era bueno en la escuela. No le interesaba. Entregaba las tareas tarde, era insolente, no trabajaba. Ni siquiera alcanzó a terminar la preparatoria. Soñaba con trabajar haciendo vino, en una finca. Decía que tener estudios no servía para nada en ese oficio, que todo se aprendía sobre la marcha y que había muchas posibilidades de ganarse un pedazo de cielo. Era su expresión, «ganarse un pedazo de cielo». Lo intentó. Lo contrataron en un viñedo cuando tenía diecisiete o dieciocho años, pero no funcionó, lo corrieron o se fue. De cualquier forma, la única cosa que de verdad disfrutaba era andar en moto. Mi madre le compró una y él iba a todos lados en ella. Así fue como conoció a tu madre: una noche, en Burdeos, a la entrada de un club. Llegaron al mismo tiempo, ella con unas amigas, él en su motocicleta. Tú papá la vio, quiso hacerse el interesante sobre la moto, pero lo único que consiguió fue hacerla reír. Eso fue todo. En ese entonces no había aplicaciones de citas como ahora: se conocieron por casualidad, en la vida real. Si tan sólo hubiéramos sabido cómo iba a acabar...».

Mientras escuchaba la historia que Muriel me contaba, me di cuenta de que casi todo lo que me decía era desconocido para mí. Sin embargo, no es que las cosas que me contaba tuvieran algo de confidencial o secreto. La realidad es que rara vez intentamos averiguar quiénes eran esas personas antes de convertirse en nuestros padres. Tenemos algo de información, por supuesto. Conocemos más o menos sus trayectorias, sabemos lo que hacían sus propios padres porque solemos frecuentarlos, tenemos algunas referencias, algunas pistas clave, pero no solemos hacer una indagación profunda, como si no fuera asunto nuestro, como si fuera algo que sólo les perteneciera a ellos o como si no nos interesara. El pasado de los demás resulta sumamente aburrido cuando se está en plena pubertad o en la edad de la rebeldía. Tampoco digo que no existan los curiosos que hacen preguntas; en todo caso, yo no era uno de ellos. Jamás interrogué a mis padres sobre su juventud. Imagino que esto también estaba relacionado con nuestro pudor, con ese silencio implícito respecto a todo lo que tuviera que ver con los sentimientos; no nos confesábamos, no nos exponíamos. Fue de esta forma que descubrí, con algo de sorpresa, al niño lastimado por la ruptura familiar, al niño enojado. Sabía que no le había ido muy bien en la escuela, pero nunca me había preguntado la razón. También me sacudió la imagen de mi padre a sus veinte siendo ese muchacho ligador, engreído, que conquistó a mamá. Lo veía más como una persona enfadada, irritable, prematuramente envejecida. Esa forma de insinuarse, ese ímpetu, no eran propios de él. No obstante, tampoco debió sorprenderme la impaciencia, la insatisfacción, la exasperación. Todo estaba ahí, todo estaba puesto.

14

Mientras ordenaba las cosas de mis padres, sus objetos personales y todo el papeleo (me refiero al momento de hacer inventario) me encontré con fotos viejas, algunas pegadas con cinta adhesiva en un álbum, otras sueltas en una caja de zapatos. La más reciente tenía casi diez años. Me dije: es normal, hoy en día, las imágenes de nuestras vidas están almacenadas en un celular. Me preguntaba cuándo habría sido la última vez que alguien hojeó ese álbum; que abrieron la caja. Me preguntaba si mi madre habría tenido algún destello de nostalgia, si habría sentido la necesidad de volver a años que tal vez habían sido felices, más felices que el presente, o si, por el contrario, no había vuelto nunca a aquella época, que sentía lejana y para siempre terminada. No sé qué hipótesis hubiera preferido.

Me detuve en una serie de cuatro fotos tomadas dentro de una cabina fotográfica en donde aparecían los dos, mi padre y mi madre, cuando aún eran sólo Franck y Cécile. Es fácil adivinar que esas fotos son el resultado de dos personas que acaban de conocerse y entran de manera impulsiva a una cabina fotográfica. Tienen veintitantos, y las caras y gestos que hacen delatan ese candor tan típico del comienzo, cuando uno no quiere estar separado ni un minuto del otro, cuando quieren mostrarse en público, hacer bobadas, porque el amor te vuelve un poco tonto.

Y no cabe duda, se veían muy guapos los dos, juntos.

Mi mamá sobre todo; con esa melena que caía sobre sus mejillas, sus ojos claros, los dientes delanteros separados, esa suerte de desenfado que no reflejaba ni su reciente duelo ni la obligación abrupta de convertirse en adulta. Podría decirse que, en el instante de la foto, mi madre le está dando un mordisco a la juventud que por derecho le correspondía, pero que le había sido arrebatada, como quien le da una mordida a una manzana para saciar el hambre.

Mi padre también; con su mirada metálica, su pelo rubio, su mandíbula cuadrada. Había algo de americano o de alemán en él. Puedo entender por qué a la gente le gustaba. Su aspecto físico no era común, en cualquier caso. Esa camiseta revelaba unos hombros redondos y un torso bien marcado.

La noche en que se conocieron, ¿qué habrá sido lo primero en que se fijó mi madre: ¿la complexión? ¿El pelo rubio? ¿La virilidad desinhibida? ¿Habrá sido eso lo que la atrajo? ¿O fue la moto? ¿Podría una persona tan reservada como ella haberse fijado en un tipo como él? Habría que pensar que sí. Porque le sonrió, aceptó entrar con él a la discoteca, dejó que le invitara un trago y bailó con él. Muriel me dijo: «Mi hermano no sabía bailar, pero se sentía a gusto con su cuerpo, eso podía engañar a cualquiera». ¿Mi madre habrá caído en ese engaño?

No la juzgo, tenía derecho a ser seducida. Daba igual, a esa edad era normal tener algo con un desconocido, pasa todavía, pasa desde tiempos remotos. No, intento comprender, es todo, intento entender por qué lo eligió a él, por qué terminaron juntos. En pocas palabras, me encuentro frente al misterio del deseo de mi madre, el misterio de su libertad.

Inmediatamente después reflexioné un poco sobre lo azaroso que puede ser un encuentro, en el destino tirando sus dados. Si esa noche ella no hubiera salido… Si esa noche él hubiera visto a otra… Es un ejercicio ocioso, lo sé. Pero ¿cómo no caer en la trampa del «*y si* hubiera»?

Las fotos datan de mediados de los años noventa. Es decir, la época de las guerras en Yugoslavia, el genocidio de los tutsis en Ruanda, las esperanzas ya desvanecidas de la Cumbre para la Tierra de

Río, los organismos modificados genéticamente, la pandemia del VIH/SIDA, el suicidio de Kurt Cobain, las secuelas del colapso del mercado inmobiliario, el terremoto de Kobe, Mitterrand deformado por la quimioterapia, y no sé qué más. Incluso en Blanquefort, se sabía. Incluso en Blanquefort, se daban cuenta de que esta maldita época fue violenta, siniestra, depresiva; que apestaba a muerte y desolación.

A pesar de tener veinte años y que el mundo te importe un bledo, su podredumbre inevitablemente te atrapa. Así que, sí, es entendible que dos jóvenes enamorados se metan en una cabina fotográfica en la acera y sonrían cuando se encienden los flashes, creyendo que a pesar de todo tienen derecho a conquistar un pedazo de felicidad. He dicho un pedazo, no la felicidad.

15

A partir de ahí, hay varias formas de contar la historia. Por lo menos dos.

La primera está teñida de romanticismo. Se aman, porque están en la edad en la que uno cree que se ama, porque sus cuerpos se han encontrado, porque nada les preocupa. Los celulares todavía no existen: sucede entonces que hay que organizar los encuentros, pasar tiempo sin hablarse, sin verse; y ser ingeniosos, pacientes y creativos. Se ven en bares, discotecas, en casas de amigos en común, salen a dar paseos en moto por el campo de Médoc o a lo largo de las orillas del río Garona. Él le habla de aventuras, de viajes, de mudarse al extranjero («¿Qué tal Quebec? ¡Todo el mundo dice que es increíble!»), de un futuro brillante, libre de toda contingencia. Ella recuerda que le prometió a su padre que seguiría ayudándole, que el dinero no es mágico; pero tiene ganas de creer que hay una salida posible. Franck tiene mucho poder de convencimiento y encanto. También mucha ambición.

La segunda es cruelmente realista. Se trata de una aventura, un capricho pasajero, excepto que dura un poco más de lo esperado, como a veces ocurre con la primavera. Él hace promesas, pero son promesas al aire. Y es que, para ser honestos, él es un mitómano que se conforma con los trabajillos que van saliendo. Al final, la vida se encargará de traerlos de nuevo a la realidad (una realidad, por cierto, no muy agradable). Cuando ella conoce a su familia, comprende un poco mejor sus defectos. Se conmueve. También se preocupa, pero no mucho. ¿Podría ser ésta la causa de su exagerada demanda de afecto? Y entonces, un día, se entera de que está embarazada. Olvidaron cuidarse.

En la primera versión, él está emocionado con este embarazo. No se lo esperaba, pero le encanta: ¿no es ésa la mayor aventura de todas? Ese bebé no será un obstáculo para recorrer el mundo, podrán llevarlo con ellos. Ella, por su parte, está emocionada. Ser madre, cuando eres huérfana, aunque sea por accidente, es como una victoria sobre la mala suerte. Lo ve como una señal, una bendición. Es decir, ¿por qué no?

En la otra versión, él se siente reconfortado, significa que van a seguir juntos y eso es lo que quiere, quedarse con ella, no dejarla ir; sobre todo eso, no dejarla ir. Ella piensa que no tiene lo necesario para ser madre, que sería mejor abortar, es la opción más sensata, ya tendrá tiempo para tener hijos y con la persona adecuada. Pero su padre le dice que no puede negarse a tener un hijo, recuerda los abortos de su mujer y le dice que podría no volver a repetirse el milagro. Además, ese tipo de procedimientos podrían dañarla para siempre. Ella no se atreve a ir en contra de la voluntad de su padre. A veces otros deciden nuestros caminos.

En el primer escenario, él está orgulloso, la mujer que va a ser su esposa se ve hermosa con ese llamativo vientre crecido, y él está dispuesto a hacerlo mejor que su propio padre, va a criar a su hijo y a vengarse por su falta de infancia, demostrando que se puede ser responsable.

En la segunda, admite que tiene que encontrar una ocupación, un trabajo estable, suficiente para alimentar a su familia. Aunque jura que sólo es «por ahora», una cosa es segura: sus sueños de exilio y de un futuro brillante han terminado. Ha conseguido trabajo en la fábrica Ford. ¿Y ella? Ella se ha dejado caer. Ahora todas las posibilidades están cerradas para siempre. Su camino está trazado. Afortunadamente, está convencida de que acabará adorando a su hijo.

Aquel día con Pierre Verdier, creo que sólo dije: «Se casaron muy jóvenes. Mi madre estaba embarazada de mí».

Era todo lo que sabía sobre su juventud.

Pierre Verdier no dio muestras de querer ir más allá. Entendí que no le interesaba tanto esa parte, quizá era demasiado atrás y no aportaba nada a su investigación. En aquel momento no se lo reproché. Desde entonces, he aprendido que hay que ir a las profundidades para entender lo que ocurre en la superficie. También he aprendido que lo invisible puede decir más que lo visible y los fragmentos sólo se convierten en pistas si los relacionas con algo más o entre sí.

16

Sonó el teléfono. Eran los últimos informes sobre la búsqueda. «Todavía nada definitivo», dijo el comandante al colgar. Sin embargo, se negó a admitir la derrota: «Hemos rastreado su número de teléfono y su tarjeta bancaria. Un paso en falso y lo tendremos. El pánico siempre hace que cometan errores». A cambio, hice un gesto de duda; él prefirió ignorarlo. «Lo que hizo demuestra que ya no está en control, es cuestión de tiempo». Tenía un punto. Aprovechó la oportunidad para tocar un asunto más sobre el tema de mi padre: «¿Dirían que su padre tiene problemas de ira?».

Sí. Desde que tengo memoria la ira ha estado ahí.

Se enojaba por todo y por nada. Si algún objeto o herramienta no hacía lo que él quería, lo lanzaba con rabia hacia el otro lado de la habitación. Podía ser un martillo, el control remoto, cualquier cosa. Si alguien lo contrariaba en una conversación sobre algún tema de actualidad, le lanzaba una ráfaga de insultos y no volvía a verlo por semanas, hasta la reconciliación, milagro de su encanto, que permanecía intacto, efecto de su labia, que seguía siendo notable. Sin embargo, lo que más le indignaba —al menos al principio— era su trabajo. Le costó adaptarse a su empleo como obrero en la industria automotriz. Solía quejarse de todo: las condiciones de trabajo, los ritmos, su salario, los supervisores; pero también de las grandes empresas, del gobierno que las respaldaba, de los holgazanes que vivían de los subsidios mientras él trabajaba duro, de los extranjeros cada vez más numerosos en la cadena de producción. Todo era motivo para ponerse como una fiera y despotricar. Se sentía menospreciado, infravalorado; su vida había tomado un rumbo equivocado y como no podía ser culpa suya tenía que ser de los otros. Sí, desde que tengo uso de razón vi a mi padre frustrado, enojado y resentido.

Con un poco de distancia, me propuse analizar más a conciencia sus frustraciones. No todas eran infundadas.

En primer lugar, estaba Blanquefort, una ciudad suburbana, pequeña para aquellos que aspiran a los grandes espacios, decepcionante para quienes anhelan vivir en el centro. Si al menos hubiera sido Burdeos, que se estaba renovando por completo, volviéndose elegante de nuevo, redescubriendo sus muelles, su río, Burdeos y su Triángulo de Oro, su burguesía, su piedra caliza, pero no; él estaba en Blanquefort, en la periferia, apartado de los más privilegiados.

Peor aún, en Blanquefort ni siquiera tenía la posibilidad de frecuentar una finca, sólo tenía acceso a los fraccionamientos y conjuntos residenciales para la vida cotidiana y al enorme complejo industrial para su vida profesional. Decían que ésta era una ciudad florida donde se vivía bien, pero él no entendía de qué le hablaban. La gente se extasiaba frente a la fortaleza medieval, pero él la veía como otra cárcel.

Y la fábrica Ford. Era común escuchar a todos diciendo que era la más grande de Aquitania, una joya, una fuente de empleo, un templo de la modernidad y no sé qué más. No faltaban los superlativos, pero no dejaba de ser una fábrica, con sus overoles azules, sus obreros, su checador, su ritmo y su no tan buen sueldo. Mi padre habría podido ascender porque era joven; sin embargo, para ello habría tenido que demostrar ambición, ganas y disciplina, y ya ven que demostró justo lo contrario.

Y el hijo. Pasada la novedad de los primeros días, era un bebé que lloraba, que no dormía toda la noche, al que había que limpiar, al que se le caía todo cuando le daban de comer, un niño inquieto, demasiado activo, demasiado curioso; además de ser un pelele, siempre en el regazo de su madre. No era lo que él había imaginado. Pero ¿había imaginado alguna vez ser padre? ¿Había pensado en lo que significaría?

Por lo tanto, sí, mi padre se enojaba por todo y por nada.

Con lo que escribo no estoy buscando excusarlo. No tiene ninguna excusa. Ninguna. Digamos que estoy buscando explicaciones. A veces es la única manera de no asfixiarse.

17

Durante mucho tiempo, mi mamá le inventó excusas. Decía que era parte de su carácter y que debíamos aceptar a las personas «tal y como son», que no podíamos sólo tomar lo que nos convenía y rechazar el resto: si nos gustaba su pasión, su encanto y esa seguridad en sí mismo que tanto lo caracterizaba, debíamos aceptar también sus enojos y arrebatos.

Solía repetir que mi padre no era tibio (una frase que desalentaba la crítica, por cierto). Para nada tibio. Y se notaba que eso a él le gustaba. Al menos al principio. Era como si mi padre compensara el carácter de mi madre, demasiado tímido; su existencia demasiado lineal; su tristeza demasiado pesada algunos días. Ella lo resumía diciendo: «Él y yo nos equilibramos».

Y de eso no había duda. Dicen que las parejas de opuestos son las que duran más. La suya duró veinte años. Duró hasta la muerte.

Poco a poco, sin embargo, ella tuvo que aprender a calmar sus exabruptos. Se fue dando cuenta de que cada vez tenía «la mecha más corta» —otra de sus expresiones— y de que aquellos episodios se estaban haciendo cada vez más frecuentes e intensos. En cuanto daba señales de molestia o mal humor, ella lo calmaba haciendo uso de tácticas que fue perfeccionando con los años.

Cambiar de tema era lo más efectivo, no muy sutil, algo evidente, pero funcionaba, no porque él comprendiera lo que mi madre trataba de hacer, sino porque su atención se iba entonces a otra cosa, como un niño pequeño que deja de llorar cuando le enseñas su sonaja.

Bajar la voz, primero un poco, luego más, para obligarlo a bajar su tono también, y por asombroso que pareciera, terminaba bajando de intensidad, como si lo hubiera hechizado.

Atreverse a hacer un chiste era de los recursos menos comunes, porque no se le daba muy bien la comedia. Sin embargo, en el calor del momento, a veces se las arreglaba para hacerlo, desenterrando habilidades insospechadas, como si la urgencia activara ese mecanismo. Él se desconcertaba y las cosas se relajaban.

Abrazarlo era el último recurso, no podía abusar de él y tenía que cuidar que no pareciera un gesto de lástima o infantilización. Sólo ocurría cuando parecía que realmente podría explotar.

Poco a poco se iba calmando la sacudida.

Por lo general, mi madre daba un discurso tranquilizador para asegurarnos que las cosas iban a mejorar, no sabíamos cómo, pero el simple hecho de escucharlo de su boca era como ver un rayo de luz, porque no había forma de que una mujer como ella, con la autoridad que le confería el haber superado una prueba tan terrible en su juventud, pudiera mentir.

De vez en cuando, llegaba a inventar historias en las que proponía un futuro completamente distinto, retomaba aquellas viejas ideas de vivir en otro país, nos pintaba cuadros de lugares lejanos, hablaba de aventuras; y él comenzaba a soñar y a sonreír. Recuerdo la sonrisa de mi padre en esos instantes. Era una que me tranquilizaba al punto de pensar: «Por fin, la crisis ha terminado, hemos salido adelante sin daños». Era una bella sonrisa. Hasta los monstruos tienen derecho a sonreír así.

Tampoco le conté nada de esto al comandante aquella primera vez en su oficina. Ante su pregunta: «¿Dirían que su padre tiene problemas de ira?», me contuve, y tras un breve intercambio de miradas con mi hermana, dije: «Sí, en general». En cualquier caso, en ese momento me sentía como un conejo paralizado por los faros de un coche. No era capaz de decir nada más.

18

«Encontramos Prozac en una bolsita al fondo del botiquín… ¿Su madre tomaba antidepresivos?».

No he olvidado esa frase, pronunciada sin ningún tacto, sin ninguna pausa, en la intimidad del despacho del comandante, con la única intención de recoger información, marcar una casilla, armar un expediente. Y es que con *esta frase* se inauguró el camino de la culpa, el arrepentimiento y la mortificación. Fue el inicio de todo para mí. Hasta ese segundo, había vivido en la ignorancia, en la ceguera o en la negación (volveré sobre esto más adelante). A partir de esta frase, me atreví a reconocer por primera vez que nunca quise saber más, que miré hacia otro lado, que bloqueé todas las señales de alarma.

Como yo no sabía nada del Prozac, volteé a ver a mi hermana. Recuerdo que me giré muy despacio, como si quisiera retrasar el momento de encontrar su cara y escuchar su respuesta. Al verme desconcertado, se compadeció de mí y, apenada por tener que ser ella la responsable de dar esta información, confirmó solamente con un movimiento de cabeza. La brutalidad no necesita grandes discursos ni grandes gestos.

Con aire de miseria y derrota, le reclamé: «¿Por qué no me lo habías dicho?» (Como si lo importante fuera la omisión de mi hermana o mi propia ignorancia, y no la desesperación que todo aquello me trasmitía; pero supongo que necesitaba desviarme, seguir sin mirar las cosas de frente). Sin mucho más, Léa explicó, muy tranquila (esta neutralidad me dolió más de lo que me habría dolido un reproche apasionado): «Hace cinco años que no estás aquí».

Fue como un balde de agua fría.

Pierre Verdier mantenía su distancia de esos asuntos familiares. Nuestras tormentas internas no eran su prioridad. Es por esto que insistió con Léa: «¿Sabes cuándo empezó?».

Léa pareció reflexionar y luego dijo que no tenía certeza. «Se escondía para tomar sus pastillas», añadió para explicar de algún modo aquella laguna de información.

Y una vez más, no pude evitar imaginar la escena: mi mamá tomando sus pastillas en secreto, para no preocupar a su hija, para no molestar a su esposo; guardando la caja en una bolsita para que no la descubran; cerrando con premura la puerta del botiquín; tomando una gran bocanada de aire para finalmente obligarse a cruzar el umbral del baño poniendo buena cara. Visualicé su soledad y su desesperación, y las palabras de mi hermana se me clavaron aún más en el pecho: nunca estuve allí.

Las preguntas insidiosas empezaron a dar vueltas en mi cabeza. ¿De qué otra cosa no me di cuenta? ¿Qué más me faltaba por descubrir? ¿Cuántos abismos estaban a punto de abrirse bajo mis pies? Pero, sobre todo, ¿cómo pude estar tan ciego? ¿Cómo es que nunca sospeché nada?

19

Nuestro abuelo, el papá de mi mamá, esperaba afuera.

Fui yo, yo se lo dije. «Podemos encargarnos nosotros si quiere», me ofreció Verdier, pero yo insistí en hacerlo. Durante la llamada, conté sólo lo esencial, los hechos eran suficientes y la sobriedad, en estas circunstancias, era preferible. Él mantuvo la calma. Me refiero a que por supuesto que la noticia lo dejó devastado, como a nosotros, pero su primer impulso no fue dejarse arrasar, sino hacer todo lo posible por salvar lo que aún se podía salvar, es decir, a nosotros. Sus palabras fueron: «Voy para allá».

Condujo desde Bergerac, su lugar de residencia desde que se retiró. Estamos hablando de una hora y media de viaje. Puedo imaginar lo terrible que fue ese trayecto: mi abuelo demacrado al volante, conduciendo desesperado. Habría sido mejor que alguien lo hubiera acompañado, pero con las prisas no pensé en todo eso. Imaginé su calvario. Nadie debería sufrir ese tipo de tortura.

A él tampoco lo dejaron entrar a la casa. Lo enviaron a la estación de policía, donde estaban siendo interrogados sus nietos. Al principio, esperó en el pasillo. El ir y venir de los policías, sumado al incisivo rumor de conversaciones que sólo se centraban en el caso, acabaron por expulsarlo del recinto. Prefirió salir y quedarse parado junto al coche en el estacionamiento. Todavía puedo verlo ahí, erguido, con las manos metidas en los bolsillos de un impermeable desgastado. Sin embargo, cuando nos acercamos, descubrimos que tenía los ojos rojos. Era obvio que había llorado, nunca lo había visto así. Hasta ese instante, él era para mí ese hombre amable, bien vestido, parado detrás de su caja, ocupado en dar el cambio, siempre de buen humor; era ese hombre que nunca buscaba llamar la atención y que, llegado el momento de retirarse, decidió irse a Dordoña, donde le esperaba una pequeña casa que había arreglado para su vejez. Vivía ahí solo, nunca se había vuelto a casar, y juraba que esa soledad no le pesaba, al contrario. Ahí tenía un huerto. Aunque su hija se burlara cariñosamente de sus tomates y zanahorias, él insistía en que ésa era la vida que quería tener hasta el final de sus días. Y de pronto, era ese mismo hombre el que estaba ahí, en ese estacionamiento a mitad de la noche. Aturdido. No, peor: convertido en un muro de tristeza. Veinticinco años antes, había perdido a su esposa y ahora a su única hija. ¿Qué podría ser peor que eso?

Nos besó y abrazó un poco más fuerte de lo normal, sin decir una sola palabra. Sabía que éstas eran inútiles, absurdas.

Recordé que mi abuelo no le tenía mucho aprecio a nuestro padre. Tampoco es que lo expresara así, abiertamente. Mi abuelo era más bien un hombre educado y, sobre todo, respetuoso ante las decisiones de su hija. No obstante, era algo que se notaba en los almuerzos de los domingos. Mi abuelo mantenía cierta distancia con mi padre por una suerte de desconfianza que, a pesar de los años, nunca se iba. Me preguntaba si algo le estaría cruzando por su cabeza en esos momentos, algo como: «Yo siempre desconfié de ese hombre, ¡sabía que no era bueno para mi hija!». Me preguntaba si mi abuelo estaría por dentro lleno de rabia contra el asesino, y de remordimiento por haber guardado silencio. No se lo pregunté. No me habría contestado.

El abuelo dijo que había reservado una habitación de hotel para él y otra para nosotros de manera provisional. Le dijimos que la Sra. Bergeon se había ofrecido a alojarnos en su casa y habíamos aceptado. No queríamos estar lejos de casa. Necesitábamos sentirnos, de algún modo, en territorio «familiar». El abuelo entendió.

Sin embargo, fuimos a cenar al restaurante del hotel, evitando decir cualquier cosa que tuviera relación con lo sucedido. Por supuesto que aquello era lo único que ocupaba nuestra mente, pero resultaba demasiado difícil siquiera mencionarlo, sobre todo para él. Ya llegaría el momento. Hubo intentos de bromas que, por supuesto, fracasaron; largos ratos de silencio, el golpeteo de los tenedores sobre los platos, y eso fue todo. Una pareja de turistas alemanes cenaba cerca de nuestra mesa. No sabían nada de la tragedia que nos había ocurrido. De pronto se emocionaban mientras comían. No recuerdo si su actitud despreocupada nos tranquilizaba o si, por el contrario, nos parecía cruel. La vida seguía a nuestro alrededor. Hermosa y terrible al mismo tiempo.

20

Por supuesto que esa noche, Léa y yo no pudimos conciliar el sueño. La Sra. Bergeon nos dejó instalarnos en el cuarto de uno de sus hijos que acababa de abandonar el nido.

Me encontraba sentado en un sillón con las piernas separadas, la cabeza inclinada hacia adelante, los brazos sobre los muslos. Mi lenguaje corporal bastaba para hablar de mi estado de confusión. Quizá sorprenda un poco que hable de confusión cuando la tristeza quizá era la emoción más lógica ante una pérdida como la que vivimos, o el asombro por la atrocidad de los hechos, o la rabia porque las circunstancias eran indignantes, o la preocupación porque aún no habíamos encontrado a nuestro padre. Probablemente todos esos sentimientos me atravesaban, pero creo que, en definitiva, lo que dominaba, sí, era esa maldita confusión. Era demasiado, demasiada información a la vez, demasiadas cosas nuevas, demasiados golpes recibidos. Estaba sumido en la confusión, en el pánico, atrapado en una vorágine absoluta de la que no podía escapar.

Mi hermana estaba recostada en la cama, completamente vestida, jugando con los dedos mientras examinaba el techo salpicado de estrellas y planetas, porque estábamos en la habitación de un niño, el niño había crecido y se había marchado; las estrellas se quedaron.

Al principio, al igual que en el restaurante, intentamos hablar de otra cosa. Quizá, si hablábamos de otros temas, el asunto de la muerte de nuestra madre se volvería menos obsesivo y dejaría de ocupar todo nuestro espacio mental. No era más que un reflejo de supervivencia ante la inminente posibilidad de acabar siendo engullidos por lo que estaba pasando. También significaba volver a nuestra rutina: cuando yo volvía de París, solíamos alejarnos de los demás, ya sea en el jardín si era un día soleado o en el salón si la lluvia empezaba a golpear las ventanas; y cada uno le preguntaba al otro qué estaba haciendo, qué había pasado en las últimas semanas.

Léa estaba en segundo de secundaria en el «Dupa», es decir, en el Colegio Emmanuel Dupaty. Para quienes preguntaban por Dupaty, nosotros lo presentábamos como un dramaturgo y académico francés. Sin embargo, en realidad, no era más que un cantautor que tuvo la suerte de ser elegido como miembro de la Academia Francesa en los últimos años de su vida, en detrimento de otros jóvenes candidatos como Victor Hugo. La única razón por la que había un colegio en Blanquefort con su nombre era porque había nacido allí.

Se trataba de una de esas escuelas para tener una escolaridad tranquila, pero no de excelencia, que no permite soñar con llegar demasiado lejos. Léa no soñaba con eso. Ni siquiera soñaba con un estilo de vida distinto. No se imaginaba siendo abogada o doctora. La preparatoria le parecía un horizonte lejano, incierto. Lo único que le importaba eran sus dos amigas, Chloé y Manon, con quienes formaba un trío inseparable desde que se conocieron en sexto grado.

De hecho, lo primero que me contó fue sobre ellas. No de sus clases, ni de sus profesores, tampoco de sus calificaciones, sus materias favoritas o las que le daban flojera. No, fue de sus dos amigas, a las que admiraba por ser desinhibidas, aventadas y sin miedo a nada, mientras que ella era un tanto discreta e insegura; le impresionaba que ellas sabían todo lo que sucedía en YouTube, en las redes sociales, en los *realities*, mientras que ella sólo tenía un aburrido teléfono prehistórico y una madre que le advertía sobre los engaños de la fama rápida; le gustaba que se maquillaran y fueran capaces de usar ropa provocativa mientras que ella se limitaba a los jeans y suéteres holgados. A mí me gustaba que tuviera amigas, pero, al igual que a mi madre, me molestaba la idea de que Léa fuera consumida por esta época en la que reina lo superficial, el deseo de ser visto y la ley del mínimo esfuerzo.

Esa noche, Léa mencionó que Chloé se acababa de comprar un top que le llegaba arriba del ombligo, con lo cual podía lucir su *piercing*, y que Manon estaba enganchada con un tipo tatuado y musculoso llamado Kevin que salía en la televisión dentro de una casa con piscina. Esa noche, me abstuve de decirle que todo aquello me parecía trivial. Tomando en cuenta la carga que ahora pesaba sobre ella, una carga que podría incluso arrastrarla hacia las profundidades de un abismo, Léa tenía todo el derecho de aferrarse a lo superficial, a lo banal.

21

Llegó su turno de preguntar: «¿Cómo van las cosas en la Ópera?».

Todavía era un bailarín más del cuerpo de ballet, aunque con la experiencia de haber estado en el gran escenario en obras como *Giselle, La Bayadère* o *El sueño de una noche de verano*, y me estaba preparando para ser ascendido a formar parte de la compañía. Desde hace mucho tiempo trabajaba para eso.

Para ser exactos, comencé a estudiar danza clásica a los ocho años en el conservatorio de Burdeos y, seis años después, animado por mis profesores, me presenté al examen de admisión de la escuela de danza de la Ópera de París.

Éramos casi quinientos candidatos al inicio. Primero, nos hicieron un examen físico para asegurarse de que teníamos las proporciones correctas y de que nuestros cuerpos se desarrollarían de manera armoniosa. Luego, vino la prueba de danza. Seguí las consignas del jurado, ejecuté pasos y figuras, algo así como en *Billy Elliot*, y luego presenté un pedazo de coreografía nada pretenciosa de una pieza que había elegido. Y, como en *Billy Elliot*, estaba convencido de haberlo estropeado todo. Lo único que le dije a mi madre al salir fue: «Se acabó».

Mi madre bajó los ojos, sabía que la estaba esperando un enfrentamiento con mi padre, quien se había mostrado hostil a mi vocación desde la primera vez que hablé sobre eso. Se había opuesto a mi ingreso en el conservatorio diciendo, como era de esperarse: «Eso es de viejas». Al cabo, cedió por la insistencia de mi madre. Probablemente, también porque en el fondo, en aquel momento, le convenía renunciar a su trabajo de padre y lavarse las manos. Después de eso, se volvió un simple observador que procuraba guardar su distancia, nunca hacía preguntas, jamás se interesaba en lo más mínimo. No se hablaba de eso en la mesa, era como un tema prohibido. Hacíamos como si no existiera. Cuando alguno de sus amigos se atrevía a preguntar por mi extraña ocupación, se encogía de hombros y esquivaba con una respuesta que alguna vez alcancé a escuchar desde el umbral de la puerta: «Me pregunto si es realmente mi hijo». Cuando mi madre le dijo que quería presentar el examen de admisión para entrar a la escuela de danza de la Opera de

París, puso el grito en el cielo, preocupado por el dinero y el qué dirán. Mientras fuera una fantasía, mi padre podía tolerarlo, pero si mi idea era vivir de eso, la cosa cambiaba. Logramos, sin embargo, que cediera una vez más. Eso sí, no por las razones correctas: mi padre se dio cuenta de que yo iba a tener que vivir en París, muy lejos de casa, y que ésa era su oportunidad para dejar de avergonzarse. Dicho esto, si echaba a perder el examen, tendría que volver con la cola entre las patas, soportar su sarcasmo y su desprecio, mientras que a mi madre no le quedaría más que aguantar sus reproches e incluso un «merecido castigo». Al final, me admitieron.

Así que cuando tenía catorce años, dejé la casa de mis padres para unirme a otra familia. Muy lejos.

En la escuela, aprendí diferentes tipos de danzas: ballet, por supuesto, pero también danza contemporánea, jazz, danza folklórica, barroca, etc. Sumado a esto, tomé clases de mímica, actuación, gimnasia y anatomía. Dicho así, suena bien y lo era. Pero también fue un infierno. Como se suele entrenar hasta la extenuación, el cuerpo se lesiona, duele. Estamos sometidos a una disciplina férrea; no se nos permite aflojar ni distraernos. Se vive bajo una presión enorme. Todo el tiempo estamos siendo evaluados, cada año tenemos que volver a pasar un examen, y ni hablar de reprobar: si repruebas, te expulsan. Sólo pensamos en eso, estamos obsesionados, existimos únicamente para lograrlo. Es posible que ya hayan escuchado algo de esto. Y es verdad. O más bien no: la verdad es peor.

A los dieciocho años, pasé el examen de ingreso (el último obstáculo para los potrillos como yo) y me uní a la compañía de ballet como pasante.

Había transcurrido un año desde entonces y estaba a punto de ascender. A partir de ahora, pertenecería a este cuerpo de élite para siempre. Me acercaba a mi meta.

Y entonces llegó la llamada. Era mi hermana.

A su pregunta, en el cuarto de niños con estrellas en el techo, en esta casa que parecía tambalearse, en medio de la noche que nos envolvía: «¿Cómo van las cosas en la Ópera?», respondí con un simple: «Van bien».

22

Por supuesto, el espejismo de normalidad pronto se evaporó y una vez más fuimos alcanzados por el horror.

Fui yo quien retomó el *tema*.

Sentía que Léa estaba lista para evadirse de todo esto, que incluso lo deseaba; tenía la fuerza para hacerlo o, mejor dicho, luego de haber vivido lo que vivió, no tenía ningún deseo de volver a sumergirse en esas profundidades. Estaba decidida a alejarse del tema.

Yo, por el contrario, era en absoluto incapaz de separarme de él. Intuía que desconectarme podría ser bueno para mí, que me ayudaría a escapar un poco del sufrimiento, pero no sabía cómo lograr tal distanciamiento, tal ilusión. Probablemente porque no había una forma.

Y entonces me atreví a preguntar eso que no dejaba de darme vueltas en la cabeza desde la llamada, aquella pregunta que me quemaba los labios, con la que chocaba una y otra vez: «¿Tú sabes por qué?». Con pocas palabras y contra todo pronóstico, Léa me dio el motivo probable del asesinato de mi madre: «Mamá había decidido marcharse de nuevo».

Así es: nuestra madre ya *se había ido* una vez. Dos años atrás. Mejor dicho, él fue quien tuvo que dejar la casa y ella se quedó. En su momento dijeron que era una «separación temporal», según que para «hacer un balance y ver en dónde estaban parados». Nuestro padre se fue a vivir con su hermana durante unas semanas (pero todo con absoluta discreción para evitar chismes).

Puedo verlos perfectamente en aquel día, haciendo su anuncio. Coincidió con que yo había ido a la casa para pasar el fin de semana. Creo que se esperaron a que yo estuviera ahí para hacerlo. Estábamos reunidos en la cocina (sí, justo ahí donde, dos años más tarde, se cometería un acto irreparable). Mi madre y yo nos sentamos en la mesa. Mi padre estaba de pie, a la vez solemne y bromista, como Yves Montand en una película de Sautet, dejando claro que seguía siendo la cabeza de la familia y el que estaba al mando. Sin embargo, todo en su actitud —sus gestos, su fastidio— indicaba lo contrario, que no estaba de acuerdo con la situación y que había tenido que aceptarla a regañadientes. El hecho de haberse visto obligado a hacer sus maletas era una prueba más de ello. ¿Cómo nuestra madre lo llevó a esta rendición? ¿Se había pasado de la raya, hasta el punto de sentirse miserable, despreciable? ¿Lo había amenazado con dejarlo para siempre? No teníamos idea de nada. Mi madre se quedó callada, escuchándolo hablar de la necesidad de tomarse un tiempo, «incluso para las parejas que se aman, sobre todo para ésas».

Nos tomó por sorpresa. Claro que éramos conscientes de las tensiones que había en nuestra familia —nuestro padre siempre estaba «con los nervios de punta», nuestra madre siempre «a la defensiva»—, pero creíamos que así era en todas las parejas y, sobre todo, que era pasajero.

En realidad, mi padre había empezado a desarrollar una paranoia terrible. Estaba convencido de que mi madre lo engañaba, que «salía con otros hombres». Le exigía que le contara todo, registraba su teléfono descaradamente y le reprochaba que usara ropa demasiado sugerente.

Al principio, ella lo negaba enérgica. Luego, lo hacía con una especie de tranquilidad que sin duda daba cuenta de su inocencia y, finalmente, con el tiempo, aprendió a callarse cuando él perdía los estribos. Mi madre guardaba la calma, sin moverse un milímetro, esperando a que se le pasara. Y sí, al final se le pasaba.

Se las ingeniaban para que no fuéramos testigos de esas crisis. En nuestra presencia, se encargaban de no mostrarnos el espectáculo de su desunión; interpretaban una farsa. A veces, cuando, a pesar de todo, las cosas se descontrolaban por culpa de mi padre; cuando, de repente, se sentía tensión en el ambiente, o un cambio abrupto en el ánimo, o un profundo malestar, nosotros, los hijos, nos incomodábamos y preferíamos lo más sencillo: hacernos de la vista gorda e irnos, esperando a que la vida retomara su curso normal. Y sí, al final, sucedía.

De ahí nuestra sorpresa al enterarnos de su *break*. Éramos unos ciegos. O unos cobardes. Yo, sobre todo.

Al cabo de un mes, ella aceptó que volviera. Nunca supimos cómo se dio esa reconciliación. Parece que él le pidió perdón, le aseguró con la mano en el corazón no volver a hacerlo ni dudar de ella nunca más. Y mi madre fingió creerle. Supongo que era más grande su deseo por que todo se mantuviera: el matrimonio, el hogar, la familia, la casa.

Y, sin embargo, a pesar de esto, «mamá había decidido marcharse de nuevo».

23

«—¿Ella te lo dijo?
—Me pidió que estuviera preparada».

Recuerdo haberme sorprendido al escuchar esa expresión casi militar: «estar preparada». Significaba que llevaba un tiempo pensando en eso, que había tomado una decisión y que sólo estaba esperando el mejor momento, o en todo caso, el menos malo. Quizás había comprado boletos de tren o autobús, incluso tal vez encontró un alojamiento. Tenía todo organizado, sin nada que pudiera quedar al azar. Pero ¿por qué esperó? ¿Por qué no simplemente tomó a su hija de la mano y se echó a correr? Tal vez seguiría viva si hubiera huido. ¿Esperaba que las cosas mejoraran? ¿O bien, cuando estaba a punto de hacerlo, algo la detuvo? ¿Algo en el último minuto la hizo dudar? ¿O es que estaba esperando una respuesta, una señal de alguien más, de un tercero, un amigo, un abogado?

«—¿Pasó algo para que ella lo considerara?
—Las bofetadas. Eso fue lo que pasó».

Esta respuesta sencilla y directa desencadenó inmediatamente un colapso. ¿Han visto esos edificios viejos que hacen explotar con dinamita y se desploman sobre sí mismos? Bueno, eso era, así se sentía en el cuerpo.

A partir de ahí, Léa se desmoronó.

Lo de la bofetada sucedió una noche. Discutían en la sala. Mi hermana estaba encerrada en su habitación. No puede asegurar que las cosas hayan sucedido así, pues no presenció la escena de manera directa; pero, para ella, no hay duda. Pese a que las palabras del altercado le llegaron amortiguadas y distorsionadas, pudo captar sin dificultad que, una vez más, a pesar de sus promesas, él le reprochaba por haber mirado a un hombre durante demasiado tiempo. Aquella tarde, mi padre había ido a buscarla después del trabajo. En general, una de dos, o pretendía querer darle una sorpresa o le ofrecía llevarla en coche con el pretexto de evitar que caminara bajo la llovizna. En realidad, la vigilaba. Se resistía a dejarla sola, sin supervisión. En la tienda estaba su padre, en la casa estaba él, pero ¿entre una y otra? En ese ínter, todo podía pasar. Mi madre, que no era ninguna ingenua, había entendido su juego y de algún modo se había resignado a él. Sin embargo, esa tarde, cuando la tienda estaba a punto de cerrar, se encontró con un antiguo compañero de la escuela que pasaba por ahí, un joven con el que había salido en la prepa, pero al que nunca había vuelto a ver. Se alegró mucho. Fue como reencontrarse con su adolescencia, con los años felices. Además, era un tipo divertido, de los que suelen ser el alma de la fiesta. No había cambiado nada. Le estaba contando a mi mamá que acababa de abrir una concesionaria de autos en Biarritz cuando mi papá entró por la puerta. Ella advirtió su enfado y se despidió apresuradamente de su viejo amigo, quien de seguro se desconcertó bastante por el cambio abrupto. De camino a casa, no tocaron el tema, ni tampoco en la mesa. No obstante, Léa se dio cuenta de que algo había pasado; se sentía una fuerte tensión en el ambiente, pero estaba acostumbrada a no hacer preguntas. Tan pronto como mi hermana subió a la habitación, mi papá sacó el tema. Aquella noche, mi mamá no pudo callarse más. Debió sentir que ya era demasiado. Elevó el tono. Acaso esto desconcertó muchísimo a mi papá y para detener de tajo este inicio de rebelión, no encontró nada mejor que una bofetada.

Los gritos se apagaron al instante. En el recuerdo de Léa, la secuencia era muy clara: palabras aplastantes, estallidos de voz, gritos y, luego, el sonido distintivo de una bofetada violenta en una mejilla, seguido de un silencio sepulcral.

«Eso fue sólo el principio».

24

Léa entonces me contó que hubo otras discusiones, casi todas sobre el mismo tema. El escenario siempre era igual: él buscaba pleito, ella fingía no escuchar, giraba la cabeza y se ocupaba de otra cosa —los platos, la limpieza— , pero él insistía, se acercaba demasiado a ella, como para mostrar quién mandaba en esa casa, quién dominaba, a quién había que rendir cuentas, a quién se debía de guardar fidelidad y respeto, y cuando no podía soportar más su silencio, su fingida falta de atención, le daba un bofetón. Casi al instante se disculpaba. No había sido a propósito, no sabía qué le había pasado; fue culpa de ella por llevarlo al límite. Repetía sus disculpas, se ponía insistente, exageraba su arrepentimiento antes de añadir una vez más que era culpa de ella, para luego voltearlo todo diciendo que él era la víctima en esta historia, el *cornudo*, al que su esposa descuidaba, el pobre del que todos se burlaban a sus espaldas o ¿qué creían?, ¿qué no se daba cuenta? Era humillante ser la burla de todos. Por eso su mano se había precipitado, se le había escapado («se dio sola», habría objetado sin duda si le hubieran pedido una explicación; porque las bofetadas se dan solas, ¿no?). De alguna forma tenía que salir, deshacerse de ese peso que cargaba encima. Algunas veces incluso rompía en llanto. Léa lo había escuchado llorar y «la peor parte de todo era que parecía sincero».

Al final, mi mamá terminaba por perdonarlo o, al menos, por darle vuelta a la página diciendo: «No pasó nada», con una voz muy suave, consolándolo como a un niño, calmando sus sollozos. Era horrible.

A veces, las menos, se trataba de dinero (lo estaba «tirando por la ventana») o de mis estudios («los caprichos de tu hijo nos cuestan un ojo de la cara y ¿se puede saber para qué?»), o del desorden de la casa («¿no te importa vivir en una pocilga?») o de la comida que no estaba lista («paso todo el día trabajando y cuando llego a casa todavía tengo que esperar»). Siempre se inventaba un pretexto. Usaba una razón cualquiera para armar un pleito, para librar su guerra de guerrillas. Estaba dominado por su paranoia, sus celos, su narcisismo. Por su miedo al abandono, porque hay que llamar a las cosas por su nombre...

El problema es que era algo irresoluble e interminable. Como ella no era culpable de nada, no tenía nada que corregir para contrarrestar su ira, ninguna promesa que ofrecer, no había nada que pudiera cambiar. Sin embargo, se comprometía a cosas para tranquilizarlo, le hacía promesas, como hacen los verdaderos culpables. Había llegado hasta ese punto y ni siquiera eso era suficiente. Él estaba condenado a nunca estar satisfecho, a no saciarse jamás.

Una vez que terminó su relato, volví a hacerle la misma pregunta que le había hecho frente al comandante: «¿Pero por qué no me dijiste nada?». Mi distancia no lo explicaba todo. Entonces, Léa me confesó que nuestra madre le había pedido callarse. En efecto, había intuido que mi hermana ya se había dado cuenta de todo, que al menos tenía una idea de la situación. No era un secreto que fue testigo de gritos, de conversaciones interrumpidas de repente, de lágrimas secadas aprisa, de moretones en los brazos que mi madre se precipitaba a cubrir. Entonces, un día, se atrevió a dar el paso. Por supuesto, no confesó ni confirmó nada, no frente a ella, su hija, pero exigió su silencio, le impuso guardar el secreto, «dar su palabra de honor», pretendiendo que era una cuestión de confianza, y que de cualquier forma ese tipo de cosas no debían salir de casa, que era algo que sólo les concernía a ellos, y que «tampoco» servía de nada preocuparme a mí, el hermano mayor exiliado, que no había necesidad de meterme en un problema más, yo tenía mis propias preocupaciones, otras prioridades, exámenes que tomar: no iban a molestarme «con esto». Empleó esa expresión, «con esto», para referirse a las golpizas, a la violencia doméstica, al excesivo control de mi padre. No usó palabras precisas. Fue su manera de decirlo, sin admitirlo. Y mi hermana menor asintió. Aceptó ese «con esto», aunque detrás de estas palabras se escondiera un abismo.

25

Inmediatamente, surgió otra pregunta. No paraba de repetirme: «Cómo es que a pesar de todo, a pesar del encubrimiento, del silencio, de mi distancia, ¿cómo es que no vi nada?». Tuvo que haber alguna señal, una pista, algo tuve que haber visto por muy pequeño o sutil que fuera. Tenía que haber.

Fue entonces cuando, en medio de la penumbra de aquella recámara infantil, como burbujas que emergen de las profundidades y estallan en la superficie de aguas tranquilas, empecé a recordar cosas, cosas a las que no les di importancia en su momento, pero que, al examinarlas y ponerlas todas juntas *a posteriori*, formaban una imagen atroz.

Primero, estaba su forma de vestir. Mi madre era coqueta, cuidaba mucho su apariencia. Decía que se preocupaba por su aspecto porque trabajaba en algo que implicaba el trato con clientes y no iba a presentarse «en harapos». Sin embargo, la realidad es que le gustaba usar ropa bonita que hiciera lucir su figura, la cual parecía no haberse visto afectada por los embarazos. No obstante, últimamente sólo usaba ropa holgada, suéteres grandes, pantalones anchos. Había cedido a una de las tantas imposiciones de su esposo: dejar de despertar el deseo de los hombres. Había soltado la toalla, ya no tenía el valor para cuidar de sí misma. Me había dado cuenta del cambio, pero no lo mencioné por miedo a ser poco sutil o incorrecto. Y entonces hice la siguiente conjetura: es fin de semana (yo había estado ausente los otros días), uno se viste con lo primero que encuentra.

También había dejado de maquillarse. Antes le gustaba ponerse un poco de labial, algo de rubor en las mejillas o resaltar sus ojos con delineador, pero lo había dejado. En ese instante quizá pensé: es algo que tiene que ver con la edad. Después de los cuarenta uno ya no puede comportarse como a los veinticinco. Conviene optar por la sobriedad, la sencillez, de lo contrario corre el riesgo de parecerse a una de esas mujeres demasiado arregladas que provocan burlas al pasar. O más bien, no pensé nada.

Había adelgazado. Se lo hice notar. Me contestó bromeando: «Empecé a hacer una dieta. Ahora debo tener cuidado, los kilos que se suben ya no se pueden bajar». Hice un gesto de desaprobación a sus palabras y a su dieta. Ella me sonrió. Cambiamos de tema.

En otra ocasión, mi padre hizo un comentario despectivo sobre el trabajo de mi madre; dijo algo así como que no era realmente un trabajo y, como ella no reaccionó, entré a defenderla. Respondí que lo que hacía implicaba tratar con clientes, lo cual siempre resulta agotador, y que gracias a ese trabajo no les faltaba nada. Cuando añadí que además era útil porque vendía libros y periódicos, lanzó un comentario burlón: «Y también vende rasca y gana, y paquetes de cigarrillos». Insinuó que ella fomentaba las adicciones, que incluso provocaba el cáncer. Eso me sacó de quicio. Durante este intercambio, ella permaneció callada, no se defendió en absoluto, y esa indiferencia me molestó, cuando en realidad debió de haberme puesto en alerta, no era normal.

Y más allá de todo lo anterior, estaba esto. Mi madre se había vuelto gris. En todos los sentidos. Estaba pálida, ensimismada y triste. Lo contrario de lo que alguna vez fue. Durante mucho tiempo había sido alegre, vivaz, elegante, y eso se había desvanecido, disipado. Como no fue algo que pasó de la noche a la mañana, es posible que ella no se haya dado cuenta. En el fondo, se había apagado como se apaga una vela. Una amiga que hacía tiempo que no la veía se atrevió a señalárselo delante de nosotros y admití que tenía razón. Hizo falta una mirada externa, el consejo de un tercero, para que me diera cuenta de esta metamorfosis lenta, pero radical. Mi madre respondió enseguida: «Trabajo mucho, ¿sabes? Y ya no tengo veinte años».

Me compré ese cuento chino. Peor aún, en lugar de preocuparme, la regañé y le rogué amablemente que se recompusiera. Su amiga me dirigió una mirada sombría que no supe entender en ese entonces. Esa mirada volvió a mí aquella noche en casa de la Sra. Bergeon.

26

«—¿Y los otros, tampoco vieron nada?

—¿Qué otros?

—Los vecinos, sus amigos, nuestros abuelos, la tía…».

Planteé la pregunta porque esta historia de ceguera me atormentaba (y ése sólo era el principio; no imaginaba que esto me iba a atormentar por mucho más tiempo). ¿Cómo es que tantas personas lo habían podido «pasar por alto»?

Necesitaba saber si alguien habría podido evitarlo, o si éramos muchos los negligentes, o si todos habíamos sido engañados de la misma manera. En el primer caso, tendría a quién dirigir mi ira. En el segundo, podría liberarme un poco de la culpa que ya me estaba consumiendo. En el tercero, me habría sentido un poco menos solo.

Sin embargo, si lo pienso bien, todas estas especulaciones no servían de nada. Era absurdo e incluso enfermizo buscar un chivo expiatorio: el único culpable era mi padre. Fui un iluso por creer que se podía compartir la culpa. Tampoco creo que me hubiera exonerado el hecho de que otros hayan sido tan indiferentes o ciegos como yo. Sería una sorpresa si de pronto me hubiera liberado del remordimiento y la vergüenza. Al contrario, ambos sentimientos iban a permanecer, a arraigarse, a infectarse. Lo presentía.

«No lo sé. En cualquier caso, no dijeron ni hicieron nada».

Sin querer y sin pensarlo demasiado, Léa daba respuestas que sonaban como sentencias. Quizá quería decir que si ninguno de ellos había actuado era porque no lo sabían. Pero en lugar de eso, sonaba a reproche o condena.

En ese caso, sus reproches no habrían sido necesariamente infundados. ¿No vemos nada o no queremos ver nada? ¿Somos inconscientes o sólo buscamos acomodar bien las cosas en nuestra conciencia para que no molesten? Y cuando empiezan a molestar, ¿acaso no siempre ponemos excusas? «Estoy sobreinterpretando... Soy yo haciéndome ideas... Si hubiera algún problema, me lo diría... Mejor no me meto en su intimidad, no me gustaría que se metieran en la mía...». Ni siquiera después, cuando la verdad sale a la luz, esa verdad que estaba delante de nosotros y que no fuimos capaces de percibir, dejamos de poner excusas: «Lo escondían bien, bueno sobre todo él, claro… Nos manipuló… Y ella, en cualquier caso, siempre fue muy discreta…». Incluso surgen las frases hechas del tipo: «Cómo pudimos haberlo imaginado…».

Léa seguía acostada en la cama, con los ojos fijos en el falso cielo estrellado, cuando añadió con voz temblorosa: «No, la única que vio todo fui yo».

En ese momento me levanté y me paré junto a la cama, de manera que podía verla desde arriba. Le dije con un tono firme que, incluso, me sorprendió a mí mismo: «Nada es culpa tuya. Nada. Quítate esa idea de la cabeza ahora mismo».

Mi reacción la sorprendió tanto que accedió inmediatamente. Dijo: «Okey». Sospecho que más para complacerme que para obedecerme.

Además, ¿no acababa de darle una orden que yo mismo no sería capaz de cumplir?

27

Me senté en el borde de la cama y volvimos a lo que Léa acababa de revelarme un poco antes: la decisión de nuestra madre de irse. Le pregunté: «¿Se dio cuenta?». Hablaba de nuestro padre, por supuesto. Mi hermana se giró hacia mí y murmuró: «Creo que fue ella la que se lo anunció esa mañana».

La revelación me dejó literalmente atónito.

Enseguida pensé: así que eso fue lo que provocó una reacción violenta en el brazo de mi padre, no sólo su desconfianza enfermiza ni una corazonada, sino el anuncio de que ella planeaba hacer su vida lejos de él, sin él, un anuncio tan insoportable que le hizo perder la razón, la cordura.

Sin embargo, tampoco hay que equivocarse al respecto: esa locura surgida de golpe no lo explicaba todo, de eso estaba convencido. No, sin duda, era algo más lo que había impulsado este acto: la convicción, profunda y sólidamente arraigada, de tener derecho sobre la vida y la muerte de su esposa. La violencia con la que se había ensañado lo dejaba claro. Su huida lo confirmaba. Y es que pudo haberse entregado de inmediato, confesar su crimen, aceptar su castigo, pero decidió escapar. Para mí, el hecho de haber actuado bajo el impulso de un arranque de ira no le quitaba responsabilidad.

«Gritaban fuerte. Por primera vez, parecía que les daba igual que yo los escuchara. Y, de pronto, ella soltó la bomba. Gritó algo así como: de todas formas, me voy a ir. Creo que no era su intención decírselo, al menos no en ese momento ni de esa manera, pero él la llevó al límite, así que soltó la bomba. Yo creo que más bien quería que sonara a una amenaza general para que se callara, ¿sabes? Pero él ahí se dio cuenta de todo, de que mamá ya tenía listas las maletas».

Escuchando a Léa, sentí que todo esto se había desencadenado por una cosa muy pequeña. Si nuestra madre no hubiera pronunciado esa amenaza, tal vez él la habría perdonado. Y luego, por una certeza que se había estado formando en mí, me di cuenta de que no: de todos modos la habría matado, sin duda lo habría hecho. Sólo faltaba una chispa para encender la mecha. Aquella pelea, culminada con esa sentencia de mi madre, había sido esa chispa. Tarde o temprano se habría presentado otra. Es curioso cómo, frente a un grado tan profundo de horror, buscamos cualquier consuelo.

Mientras escuchaba a Léa, recordé de repente que mi hermana había *presenciado* un asesinato. Entre el estado de *shock*, la conmoción y la sucesión de hechos que siguieron a su llamada telefónica, me había olvidado por completo. Y fue entonces cuando esto me explotó de nuevo en la cara. Mi hermana, mi pobre hermanita, armada sólo con sus trece años, había visto y oído cómo se elevaba la amargura, se manifestaba la exasperación y se cometía un acto irreparable. Así que hice algo que no había hecho desde que ella tenía seis años: sin decir una sola palabra me tumbé a su lado en la cama y tomé su mano. Como respuesta, ella estrechó con fuerza la mía.

Luego, dije finalmente: «Tendrás que contárselo a la policía».

Creyendo que le estaba haciendo un reproche, Léa me explicó por qué no dijo nada frente a Pierre Verdier esa tarde: «Quería contártelo a ti primero y ésta es la primera vez que estamos solos desde que llegaste… *Eso* era algo nuestro, ¿no?».

Estuve a punto de responderle que un asesinato, y más uno tan abominable, tan indignante, nos trascendía, pertenecía a todos, a aquéllos que se ocupaban de él, a aquéllos cuya curiosidad se avivaba; ya era parte de la esfera pública y no podíamos hacer nada al respecto, pero me callé. Tenía razón: *eso* era algo nuestro. Algo que incluso iba a definir el futuro de nuestras vidas.

28

Y entonces, sin ni siquiera habernos puesto de acuerdo, en medio de aquella noche brumosa, empezamos a hablar de ella. De nuestra madre. Pero no como una mujer muerta ni como una mujer asesinada o como un objeto de investigación, sino como la persona que había sido para nosotros cuando estaba *viva.* De repente, en un intento por calmar la confusión en la que estábamos sumergidos y de alejarnos de esa desolación, al menos por unos instantes, hicimos el esfuerzo por recordar aquellos días en que éramos felices con ella. Fue una buena mujer, eso es lo que único que debe quedar: no las imágenes de una escena del crimen ni los ecos de las discusiones, tampoco la perspectiva de un largo periplo judicial y un luto interminable.

En primer lugar, no sé por qué Léa recordó cuando a mi mamá y a mí nos dio por juntarnos a hacer repostería: era los domingos, su único verdadero día de descanso. Nos sentábamos con solemnidad en la mesa de la cocina, frente a un tazón, huevos, leche, harina, mantequilla, azúcar, levadura, batidora para las claras de huevo a punto de turrón, manzanas si se trataba de tartas, chocolate cuando optábamos por un mousse, queso Philadelphia cuando intentábamos un *cheesecake*. Yo estaba concentrado, ella estaba alegre, y Léa demasiado atenta para no perderse ningún detalle. Esa noche, ella dijo: «Me encantaba verlos. Era mejor que estar en un programa de cocina». Esta confesión me sacó un sollozo que traté de disimular. Mi hermana continuó hablando como si nada: «Pero, por mucho, mi momento favorito sigue siendo cuando hacían crepas. Ella era muy buena para voltearlas». De pronto, reviví nuestra complicidad en esas ocasiones. Eran actos insignificantes en apariencia. Comprendí, demasiado tarde, que ésos eran los instantes más importantes.

«Te gustaba cepillarle el pelo», le dije. Léa le ordenaba a mi mamá que se sentara en una de las sillas del comedor y ella obedecía para seguirle el juego. Con el tiempo, eso se convirtió en una especie de ritual. «De pequeña quería ser estilista, así que me servía de práctica, ¿no crees?». Esta vocación se le había pasado hacía poco, ahora quería ser enfermera. No se había dado cuenta de que, al renunciar a ese sueño infantil, también renunciaba de alguna manera a esa intimidad con nuestra madre.

Recordamos las excursiones a la cuenca de Arcachón; llevábamos toallas, una sombrilla y ahí nos quedábamos por horas. A mi mamá le encantaba sentir el sol sobre su piel, aunque tuviera que protegerse de él. Al mismo tiempo, recordamos esa imagen de ella aplicándose bloqueador solar en los brazos y en el puente de la nariz, mientras mi papá se burlaba diciendo que todo eso era una tontería, que no pasaba nada, y luego salía corriendo al agua. Si nos portábamos bien, podíamos ir a comprar churros o helado. Mientras devorábamos alguna de esas golosinas, ella nos miraba con una sonrisa discreta. De aquel recuerdo, nos quedamos con esa sonrisa.

Recordé que fue ella quien me llevó por primera vez a la escuela de danza. Acababa de ver *Billy Elliot* y deseaba muchísimo parecerme a él. Me preparaba para suplicarle, cuando ella simplemente respondió: «Si eso es lo que deseas, mi amor…». (A mí me llamaba «mi amor», no a su esposo). Se quedó esperándome afuera del edificio y sus ojos brillaban tanto como los míos cuando salí de ahí.

Léa recordó cómo la ayudaba con las tareas de la escuela por las noches. A menudo, sólo estaban ellas dos en casa, ya que mi papá solía irse a tomar algo con sus amigos y yo ya me había mudado a París. A veces, tan pronto como cerraban los cuadernos, mi mamá encendía el radio en una estación de música y se ponía a bailar, transportada, transformada por Céline Dion o Abba, mientras hacía la cena. Cuando Léa se burlaba, con cariño, de ese momento de disfrute, mi mamá decía: «Extraño mucho bailar».

«Y luego está el día en que le dije que me gustaban los chicos», añadí temblando. Era un domingo de primavera. Estábamos en la sala. Ella planchaba, yo estaba tumbado en el sofá y de repente lo saqué: «¿Recuerdas que te hablé de Leo? Bueno, pues creo que estoy enamorado de él». Obviamente fue algo muy pensado. La conclusión había sido que el anuncio tendría más éxito si contaba una historia de amor. Y no era sólo una invención: Leo y yo estábamos ligando de verdad y un día íbamos a consumarlo, teníamos dieciséis años. Al instante detuvo la plancha, la sostuvo en el aire por unos segundos, luego retomó el movimiento como si nada hubiera pasado. Sólo necesitó ese puñado de segundos para decirme: «Es bueno estar enamorado». ¿Podría haber una respuesta más perfecta? Para asegurarme de que en realidad estaba asimilando el *shock*, le dirigí una mirada interrogante. Respondió de manera inesperada: «¿Sabes?, en este momento, en la tienda, están vendiendo un especial sobre James Dean, lo hojeé el otro día, no sé muy bien por qué, no es de mi época, tal vez por la foto de la portada. En fin, decía que su madre estaba orgullosa de él porque no era como los otros niños, y fíjate que yo pensé: "para mí es lo mismo"». Tuve que contener las lágrimas. Cuando terminó de planchar, vino y se sentó a mi lado. «No vamos a decírselo a tu padre, creo que es mejor si lo mantenemos sólo entre nosotros», murmuró. Y luego pasó su mano sobre mi cabello para despeinarlo.

Entre estos y otros recuerdos, terminamos quedándonos dormidos. En general, fue un sueño intranquilo del que fuimos despertados por el teléfono a primera hora. Era Pierre Verdier. Acababan de encontrar al fugitivo.

29

La policía lo detuvo de madrugada en un cobertizo a las afueras de la ciudad. Una vecina se había sorprendido al descubrir que la cadena oxidada que mantenía la puerta cerrada estaba rota. El lugar llevaba años abandonado y de hecho la gente se preguntaba por qué todavía no lo habían derrumbado. Movida por la curiosidad, empujó la puerta y vio a un hombre acurrucado en un rincón, durmiendo. Fue la sangre en su ropa lo que la alertó. Inmediatamente corrió a casa y buscó en internet la foto del hombre que había matado a su mujer, el que había aparecido en el periódico regional el día anterior. Estaba segura de que era él. Llamó al 17 y una patrulla fue a recogerlo quince minutos después. No opuso resistencia. Hay una foto de su captura en la que aparece esposado, no sé quién la tomó.

A pesar de esto, no olvido que mi padre huyó. Consumido por el remordimiento pudo haberse entregado, pero no, prefirió esconderse. Como *mínimo*, pudo haber admitido la naturaleza desesperada de su fuga, porque no tenía nada que ganar ocultándose en una choza de hojalata a menos de cinco kilómetros de la escena del crimen. Había algo lamentable, tanto en su huida como en su captura: una suerte de mediocridad.

Fue trasladado a la oficina del comandante. Al principio se desplomó (fue lo que nos dijeron), como un borracho o «como un vagabundo» (no he olvidado esta comparación). Cuando se le pidió que se acomodara, rápidamente lo hizo. Por fin había comprendido que iba a tener que responder por sus actos. Que por primera vez iba a tener que nombrarlos, describirlos y, al hacerlo, responsabilizarse de ellos. Porque hasta ese momento, sólo se había conformado con rumiarlos, al igual que los cobardes, con el único propósito de inventarse una justificación, o al menos algunas circunstancias atenuantes. El comandante no estaba dispuesto a escucharlo hacerse la víctima ni lloriquear. Una mujer había muerto. Era algo serio, algo muy grave: no había lugar para ese teatro.

Pierre Verdier fue directo al grano: «¿Reconoce haber matado a su esposa ayer por la mañana?». Mi padre sólo asintió con la cabeza. El comandante le ordenó articular y responder claramente con una palabra o una frase. Esperaba una confesión formal. Mi padre accedió. ¿Tenía opción?

Verdier le preguntó en dónde estaba el arma homicida. Mi padre se había deshecho de ella. Eludió la pregunta: «No me acuerdo». Verdier insistió: «No creo que haya podido olvidar un detalle así. Estoy esperando…». El acusado molesto exclamó desde su silla: «¡Qué no me acuerdo!». (Cuando me contaron lo que dijo, supuse que tal vez habría tirado el cuchillo al borde de una carretera o de una construcción o en un campo. Imaginé que un día, por casualidad, alguien tropezaría con él, tal vez un niño; la sangre de mi madre estaría todavía en ese cuchillo).

Verdier le pidió entonces que le explicara por qué había hecho lo que había hecho. Se quedó inmóvil y en silencio, con la mirada perdida (ésa es la expresión que utilizó el comandante cuando relató ese momento). Finalmente, levantó la cabeza y dijo: «Quiero hablar con un abogado».

Y luego agregó: «También necesito que traigan a mis hijos». Incluso en esta situación, mi padre seguía mandando y exigiendo.

30

Me separé un poco del teléfono y le dije a Léa: «Quiere vernos».

Recuerdo la mirada que puso, una mirada llena de *terror*. Como si le diera miedo que él pudiera hacerle lo mismo que le hizo a mamá. Era un miedo infundado, por supuesto, irracional, pero ¿qué importaba? Lo importante era que podía vislumbrarse la profundidad del trauma que había sufrido. Porque eso era precisamente lo que había en su mirada.

Me acerqué de nuevo el teléfono y dije: «Nosotros no queremos».

Se entendía de manera implícita que no haríamos nada por separado, que en esta prueba estaríamos unidos y seríamos solidarios. En cualquier caso, yo tampoco quería estar cerca de papá. Sus manos le habían quitado la vida a mi madre, sus golpes la hicieron caer sobre un charco de sangre. Estaba claro, no íbamos a ceder a sus peticiones: no le debíamos nada, nada en absoluto.

(Aquello fue estremecedor: de pronto, ya no sentíamos ninguna obligación hacia mi padre, ya no teníamos que obedecerlo ni estar en deuda con él de ningún modo. Nuestra deuda —si es que ser criado por tus padres genera una deuda hacia ellos— se había borrado. Nos habíamos desprendido de él como el bloque de hielo que se separa de un glaciar. Su acto nos había liberado, soltado. Éramos libres para emanciparnos y tomar nuestras propias decisiones, por primera vez, quizá. Al menos eso creíamos).

Sin embargo, debo admitir que, por otra parte, era tentador acceder a su petición: aunque fuera sólo para expresarle a la cara nuestra inequívoca condena, el repudio del que ahora era objeto.

(En ese preciso momento, todo el amor —porque lo había, para qué negarlo, era normal— había desaparecido y fue reemplazado por el resentimiento, el asco y la aversión. Lo que no sabíamos era que el amor familiar no desaparece de un plumazo, siempre queda algo de él; volveré sobre ello más adelante).

Verdier trató de hacernos entrar en razón: «Entiendo su postura. Sin embargo, no les puedo negar que nos ayudaría mucho si aceptaran. Me parece que ustedes son los únicos con los que él está dispuesto a abrirse y necesitamos ese relato para descubrir la verdad».

«Conocemos la verdad. Y él ya lo aceptó. ¿Qué más quieren?», objeté.

Él se refería a las circunstancias, los horarios, el arma, el motivo, y a mí eso me tenía sin cuidado; yo sólo veía sufrimiento, horror sin fin, y necesitábamos detener esta caída. Confirmé nuestra negativa.

Con habilidad, el comandante cambió de estrategia y se fue al terreno de los sentimientos: «De nada va a servirles posponer el encuentro, algún día tendrán que enfrentarlo para comenzar su proceso de duelo».

(Acababa de salir, más rápido de lo que esperaba, esa frase trillada que tanto temía escuchar).

Quizá tenía razón, pero todavía era muy pronto, demasiado pronto.

En eso, sentí cómo adoptó una postura más amenazante, revelando una faceta de su personalidad que hasta ese momento no habíamos conocido: «Podríamos hacer una orden para este encuentro, ¿sabe…?

—Haga lo que crea conveniente», respondí antes de colgar.

Léa me miró fijamente. Luego soltó: «No lo llamaste *papá*…

—¿Qué?

—No dijiste: papá quiere vernos».

Acababa de tocar un punto fundamental. ¿Cómo íbamos a llamarlo ahora? ¿Cómo íbamos a referirnos a él?

Abracé a Léa, que estaba sentada en el borde de la cama. Estaba temblando.

31

Esa mañana comenzaba el primer día del resto de nuestras vidas (otra frase cliché, pero ésta nos calzaba de manera trágicamente exacta). El cielo estaba nublado. Pronosticaban lluvia por la tarde.

Justo cuando todo indicaba que nuestras vidas serían abarcadas por la conmoción y la tristeza, la realidad se impuso. Una realidad prosaica, mundana.

En primer lugar, nos topamos con una puerta cerrada. Por ingenuos, creímos que una vez que el cuerpo de mamá fuera llevado a la morgue, podríamos entrar a la casa. Pero no fue así: había sellos por todos lados. Pierre Verdier había mencionado esta posibilidad cuando nos conocimos, pero no le puse mucha atención en ese momento. Estaba concentrado en lo que acababa de pasar;

tal vez supuse que los sellos sólo se colocarían en la cocina, donde había ocurrido el asesinato, y de forma temporal. Pero ahora me daba cuenta de que no podíamos ni entrar a nuestra propia casa. Y, por si fuera poco, para que no nos quedara la menor duda, un policía parado frente al jardín nos reiteró la prohibición, en un tono que no admitía negociación ni respuesta posible.

Estábamos allí los tres, Léa, el abuelo y yo, impotentes, patéticos, desamparados, frente a nuestra ahora inaccesible casa de infancia. Así que no bastaba con perder a la persona que más amábamos en el mundo, sino que ahora también habíamos sido expulsados a la calle. Seamos claros, no sólo nos estaban confiscando unas paredes, nos estaban quitando nuestra vida, nuestros recuerdos. Se estaban apoderando de lo que había acompañado nuestra cotidianidad desde siempre, como si la infancia tuviera también que ser borrada. Y más allá de eso, en el plano de lo trivial, nos estaban privando de nuestras pertenencias, de nuestra ropa. Lo que no sabíamos era que esta expropiación dolorosa y absurda iba a durar muchos meses.

El abuelo fue pragmático: «Vamos al Leclerc». La frase nos pareció fuera de contexto. No quedaba con la desolación que estábamos sintiendo, con ese grotesco despojo; sin embargo, estaba llena de sentido común. Así que tomamos su coche para dirigirnos al centro comercial. Y de pronto ahí estábamos, empujando un carrito por los pasillos desiertos, entre el sonido de anuncios, comprando productos básicos, playeras, suéteres, jeans, calzoncillos, bragas, espuma de afeitar, champú, gel de ducha, cepillos de dientes, cosas de la vida diaria, quizá para que la vida cotidiana pudiera aún decirnos algo.

El abuelo fue quien se encargó de todo. Nosotros no habríamos sido capaces de pagar ni un peso. Léa no tenía cuenta bancaria y la mía estaba en números rojos. Me pregunté qué habríamos hecho sin él. La respuesta es sencilla: nada.

Mientras guardábamos las cosas en la cajuela, mi abuelo nos hizo notar algo: faltaba pensar en el funeral. Comenté que no se podía fijar ninguna fecha hasta que no tuviéramos luz verde del médico forense. Él respondió sin titubeos que eso no nos impedía ir a la funeraria para elegir un ataúd y organizar la ceremonia. Su insistencia me extrañó. Mucho tiempo después, me confesó que había tenido la impresión de que yo estaba evitando enfrentarme al problema. De nada servía tratar de evadir a la muerte. Ella tiraba los dados y nosotros estábamos obligados a jugar.

Quince minutos después, estacionamos el auto sobre la Rue du Repos (el nombre no es coincidencia). Una mujer sin edad, casi sin rostro o, al menos, sin expresión, nos recibió invitándonos a sentarnos. Era una oficina con colores neutros, diseñada a todas luces para transmitir calma y evitar distracciones. Nos mostró los diferentes tipos de ataúdes disponibles en su catálogo: los parisinos con su forma plana, los lioneses con su corte recto, los tipo «sarcófago» con su tapa elevada. ¿Queríamos roble macizo, arce, un acabado satinado, la parte superior moldeada, paneles curvos, un grosor reforzado, manijas de latón? Todo era posible. Sólo había que pedirlo.

La cabeza me daba vueltas. Ni en los peores sueños me había sentido tan asqueado. ¿Realmente estábamos teniendo esta conversación? Sólo quería levantarme e irme. ¿Cómo se suponía que debía soportar esto?

Al final, dejamos que nuestro abuelo decidiera. Una vez más, él iba a pagar. Léa sólo dijo: «Debe ser algo sencillo. A mamá no le gustaba lo extravagante».

Al salir, el cielo seguía nublado y decidimos ir a la iglesia. Necesitábamos reunirnos con el cura para planear la ceremonia. Mi mamá no era creyente y nosotros tampoco, pero el rito religioso era lo común. Durante el trayecto en el auto, el silencio era abrumador. Pero ¿de qué podíamos hablar? Lo importante era ocuparnos de lo más urgente, ser eficientes. En el fondo, nos convenía. Estas gestiones eran en realidad una distracción bienvenida. Nos liberaban, al menos por unas horas, de nuestra desolación.

El párroco no nos reconoció, lo cual era lógico, ya que llevaba poco en su cargo y, además, nunca íbamos a misa. Tampoco hizo la conexión con la espantosa noticia que salió en la tele y los periódicos el día anterior. Lo único que él vio fue a dos jóvenes huérfanos y su reacción fue mostrar una compasión que nos pareció sincera, genuina y honesta. Nos dimos cuenta de que era el primer desconocido que nos ofrecía ese grado de empatía. Los policías, ocupados en sus investigaciones, habían sido amables, pero nada más. La Sra. Bergeon, por su parte, aunque visiblemente afectada, se había quedado sin palabras que ofrecernos. Por otro lado, en el restaurante, el personal nos había observado desde lejos mientras murmuraban entre ellos. Pero ahí estaba el primer hombre que nos mostraba empatía y bondad. Sí, es verdad, quizá ése era su trabajo, pero lo hacía muy bien. Y entonces, sin querer, cometió un pequeño error. Al darse cuenta de que faltaba un viudo, nos preguntó: «¿Su papá tampoco está con ustedes?». Nos miramos, desconsolados. El abuelo respondió por nosotros: «Seguro escuchó hablar de un asesinato cometido el día de ayer…». No se atrevió a exponer los hechos en toda su desnudez, no dijo tal cual: «Su padre mató a su madre». Probablemente para evitarnos el sonido de una frase así y también porque no era capaz de hacerlo. El cura palideció de inmediato y puso su mano en mi hombro, sin presionar. Su alba olía a detergente, a lilas artificiales.

De vuelta afuera, en el mundo profano, nos quedamos unos minutos en el atrio de la iglesia, como si necesitáramos un descanso para recuperar el aliento. Evitamos mirar el toldo cerrado de la tienda de tabaco. Luego, el abuelo, levantando la vista, especuló: «Ya va a llover». Lo que implicaba la retirada hacia su hotel.

Nos dejamos caer en el vestíbulo, donde había revistas no muy recientes esparcidas sobre una mesa de vidrio cubierta por huellas dactilares. Pensé que habíamos terminado con aquél tipo de asuntos, cuando el abuelo señaló que aún teníamos que ocuparnos de las facturas; porque la vida cotidiana no se detiene, posee sus urgencias y demandas, así como papeles bancarios o documentos de seguros; porque la muerte obliga a rectificarlo todo, incluso a cerrar cuentas. «¿Vamos a llamar a estas personas para decirles que mamá ha muerto y que hay que eliminar su nombre de todas partes?», preguntó Léa. Su pregunta nos heló. Murmuré: «Enviaremos correos». No valía la pena agobiarse con eso. En ese momento, una mujer cruzó el vestíbulo, tenía la edad de nuestra madre.

Mientras le daba vueltas a todo lo que nos había ocupado desde la mañana, esas cosas que parecían triviales, pero que eran necesarias, me di cuenta de que ninguna niña de trece años, que ningún joven de diecinueve, estaban preparados para esto. Jamás nos había cruzado por la cabeza. Estábamos aprendiendo a paso acelerado.

32

El teléfono sonó otra vez: era Pierre Verdier. Quería vernos de nuevo, asegurándonos que no se trataba, «por supuesto», de un «citatorio». (¿Se arrepentía de la actitud de momentos antes?). Dijo que tenía información para compartir y que lo mejor era encontrarnos en la estación de policía.

Cuando entramos por la puerta de su oficina, parecía preocupado. En primer lugar, nos dijo que mi padre «dejó de cooperar» y que estaba esperando a su abogado. Confiaba en que se mostraría más comunicativo en cuanto éste apareciera. Al parecer era un licenciado de Burdeos, no sabíamos cómo lo encontró, ni siquiera si lo conocía, pero el comandante debía atenerse a las normas y al debido proceso.

Aprovechó para informarnos que nosotros también necesitábamos conseguir un abogado.

Presentar una demanda civil para el juicio. Me sorprendió: «Pero todavía no estamos en ese punto...». Él insistió: «Les sugiero que no pierdan tiempo». Yo continué con mi objeción: «¡No tenemos dinero! ¿Cómo vamos a conseguir un abogado?». Mi abuelo puso fin a mi preocupación de inmediato: «Yo voy a pagar».

Todo era nuevo, inédito, una completa locura. Todo me desconcertaba.

Por su parte, Léa mostraba una mirada vacía. Como si ya no estuviera con nosotros.

«Y ya que estamos hablando de cuestiones legales...».

Escuchamos con poca atención su introducción, hasta que dijo algo que nos atrapó. «Aunque su proceso y encarcelamiento no estén en duda, conserva todos sus derechos como padre. Incluso desde su celda, podrá seguir tomando decisiones, especialmente en lo que respecta a ti, Léa, ya que eres menor de edad. Podrá tener control sobre tu educación... o, si llegaras a necesitarlo, sobre tus procedimientos quirúrgicos, tus viajes. Incluso podría exigir visitas en la cárcel. Debes decir si esta situación te conviene o buscar otro tutor legal. En cualquier caso, tendrán que hablarlo con él. Por eso les recomiendo que se reúnan. Puede que esté más abierto a aceptar sus solicitudes hoy porque intentará ganarse su perdón».

Estaba atónito. Sin duda, ésta era una pregunta que ni siquiera sabía que se podía formular (una más), pero que, si se planteaba, el simple sentido común habría dictado que mi padre fuera, casi automáticamente, despojado de sus derechos. ¿Cómo es que un esposo violento y además asesino podría no ser considerado un peligro o, por lo menos, alguien no apto para ejercer la paternidad? ¿Cómo concebir que alguien que está tras las rejas puede decidir a distancia el destino de su descendencia como si tuviera un control remoto que abre, yo que sé, una puerta de garaje? ¿Cómo podía la justicia tolerar e, incluso, favorecer este tipo de anomalía, de monstruosidad? Nuestro padre debía ser incapacitado para hacer daño, para hacernos daño o, al menos, ser puesto lejos de nosotros. Descubrir que tendríamos que negociar con él me revolvía el estómago.

También me sorprendió la frase «*ganarse su perdón*». La vi como una torpeza. El comandante no ignoraba que un acto como el que se había cometido era simplemente imperdonable.

Como algo secundario, sin embargo, reconocí en silencio su astucia: Verdier acababa de obligarnos a enfrentar a nuestro padre.

Dije: «Estoy dispuesto a ser el tutor de Léa, si es posible. Y si ella está de acuerdo».

Mi hermana volteó hacia mí y esbozó una sonrisa. Sin embargo, antes de que pudiera responder, el comandante retomó la palabra: «Si me permiten, sugiero que elijan a su abuelo. Es un adulto que ya ha criado a una hija, tiene ingresos, un patrimonio y, sobre todo, es el padre de la víctima. Es bastante sólido».

Probablemente tenía razón. Nos volvimos hacia el abuelo, quien asintió con un tímido gesto de cabeza.

En menos de un minuto, habíamos resuelto una cuestión fundamental.

33

Enseguida, Verdier adoptó una expresión bastante incómoda.

«Pero no los hice venir por eso…».

Nos preguntamos qué sería lo que ahora nos caería encima. Incluso creo que encogí los hombros por reflejo. Habíamos estado recibiendo golpes durante veinticuatro horas y todo indicaba que nuestro tormento aún no había terminado.

«Hemos encontrado en nuestros registros una denuncia presentada por su madre el año pasado…».

En realidad, un subteniente había tocado la puerta del comandante esa misma mañana, por voluntad propia, y le había confesado lastimosamente, que él había atendido a la víctima un año antes. Él estaba de guardia el día que nuestra madre había llegado afligida para presentar una denuncia porque su esposo una vez más había sido violento antes de desaparecer, de seguro para ir a emborracharse en algún bar de la ciudad. Ella dijo que «ya no podía más». El subteniente la escuchó, aunque —lo reconoció— no les dio mucha importancia a sus quejas. «Casos como ése prácticamente nos llegan todas las semanas, ¿entiende?, se justificó. Y bueno, ella ni siquiera presentaba heridas, al menos no evidentes». Por lo tanto, consideró que no había peligro inminente. Ante la insistencia de mi madre, lo único que hizo fue registrar su solicitud o, más bien, la consignó (es lo menos que podía hacer), pero sin intención de darle seguimiento. El expediente fue archivado, sin que nadie en la estación lo llegara a consultar. Pero todo esto no lo descubriríamos hasta después.

Ante nosotros, Pierre Verdier, preocupado por encubrir la negligencia de su subordinado y defender a sus tropas, intentó explicar lo inexplicable. Sólo dijo: «La denuncia fue muy vaga. Su madre menciona golpes, pero sin entrar en detalles».

Así que ahora nuestra madre era la culpable. Culpable de no haber sido demasiado explícita, de no estar cubierta por moretones o heridas. El policía que le tomó los datos, por su parte, no podía ser culpable de no haberla escuchado, ni de haber registrado sus declaraciones de manera superficial, ni de haber carecido de la más mínima empatía.

«De todas formas, es muy difícil evaluar el peligro, desestimó Verdier. Sobre todo porque nuestros hombres, y créanme que lo lamento, no están muy entrenados para este tipo de… situaciones, como bien saben».

Frente a nuestros rostros atónitos, deshechos, y a nuestra ira contenida, consideró oportuno sacar lo que él creía que era el argumento principal: «La policía carece de recursos, no les estoy diciendo nada nuevo. Mis efectivos son insuficientes. Sin embargo, luchamos, pero, ¿qué quieren que haga? No somos un suburbio problemático. Por lo tanto, no podemos atender todo, desafortunadamente. Y más allá de eso, no podemos atender todo de forma correcta. Es cierto, hay cosas que se nos pasan».

El grito de alarma de mi madre era, por lo tanto, una de esas cosas que se les pasan: «¿Entonces una mujer maltratada es menos importante que un perro perdido o un auto chocado?», pregunté.

Agobiado, Verdier consideró oportuno embarcarse en una exégesis, bastante torpe, sobre su oficio. «Deben entender. Un policía está entrenado para tratar con disturbios del orden público y, en su mente, eso implica agitación, alboroto, varias víctimas. Piensa que una disputa de pareja no entra dentro de ese marco. Y como sabe que estos casos a menudo se archivan sin más, evita ocuparse de ellos, porque, de cierta manera, piensa que sería trabajar en vano. No digo que tenga razón.

Estoy tratando de explicarles su modo de pensar. Y, además, siendo hombre, tuvo problemas para dialogar con una mujer. Es un tipo ordinario que considera que los asuntos del corazón sólo conciernen a los involucrados, que no tenemos por qué meternos ni siquiera cuando las cosas van mal, que ese tipo de problemas se resuelven en privado…».

Cada una de sus explicaciones empeoraba todo.

Fue Léa quien respondió, de la manera más ingenua y, por lo tanto, la más cruel: «¿Significa que tal vez no estaría muerta si hubieran hecho su trabajo?».

En nuestro interior, sabíamos que no era tan simple, no era tan binario. Sin embargo, mi hermana acababa de expresar nuestra indignación mejor de lo que lo hubiéramos hecho mi abuelo y yo.

«No puedo permitirles decir eso —se enfureció Verdier—. No puedo permitirles decir eso». La repetición de su objeción sonaba, si no como una confesión, al menos sí como una admisión de que él y sus hombres no habían hecho su trabajo.

(Para calmar nuestro enojo, mi abuelo diría más tarde, en el coche: «Al menos soltó la sopa. Pudo haberse quedado callado». Sin embargo, ¿era honestidad? ¿O sólo se estaba anticipando, convencido de que algún día descubriríamos su negligencia?).

En la oficina del comandante, cerré los ojos e imaginé a mi madre desamparada, desorientada, entrando ahí un año antes. Pensé en el valor que tuvo que reunir, o en la desesperación y el miedo que tuvo que sentir, para atreverse a cruzar por la puerta de la estación. Para pedir ayuda. Para confiar en las fuerzas del orden deseando que su calvario terminara. Y la vi ahí, desaliñada y miserable, con ese pedazo de papel insignificante en la mano, enviada de vuelta con su verdugo, y rompí en llanto. Fueron lágrimas inesperadas, violentas y breves, como las de los niños que caen y se lastiman.

Mientras Pierre Verdier me ofrecía una caja de Kleenex, tomada de un cajón, dijo: «Por cierto, ¿saben que pueden solicitar apoyo psicológico?». (Ese «por cierto» fue frío. También lo fue su desenfado. Lo mencionó de pasada, como un detalle, como algo completamente secundario cuando debió haber sido, quién sabe, una prioridad).

En su momento, me pregunté si su propuesta no era más que un intento de compensar el error profesional de sus subordinados. Pero, en realidad, estaba siguiendo el protocolo estándar de la policía. En casos de traumas violentos, sobre todo entre las poblaciones jóvenes, se ofrece el servicio de apoyo psicológico. Cuando hay accidentes de autobuses escolares, descarrilamientos de trenes, ataques de locos apuñalando personas al azar, explosiones en fábricas, inundaciones que arrasan todo a su paso, existen las conocidas células de apoyo psicológico para ayudar a las víctimas e incluso a los testigos.

Sin siquiera consultar a Léa, rechacé su propuesta con un «Nos las arreglaremos, gracias». Ahora me doy cuenta de que mi rechazo inmediato e irreflexivo fue sólo una respuesta infantil y estúpida ante la negligencia inexcusable que se había cometido. Para ese momento, yo ya no quería tratar con personas que habían fallado de manera tan grave y que, obviamente, no entendían el sufrimiento de los demás. Sumado a esto, estaba convencido de que encontraríamos en nosotros mismos los recursos necesarios para recuperarnos de la estocada que nos habían dado. («Aunque en ocasiones podamos ser sensibles, somos ante todo fuertes», solía repetir mi tía). Estaba equivocado. También entendí eso más tarde. Demasiado tarde.

Verdier, en todo caso, parecía aliviado. Era claro que no sabía cómo debía cumplir con aquella propuesta. En el mejor de los casos, habría designado a una enfermera. En el peor, habría pretextado «la falta de recursos».

34

De repente, comenzó a llover fuerte, muy fuerte. Las gotas golpeaban contra los cristales y curiosamente sentí que esa lluvia torrencial era como una bendición. Traía consigo una calma paradójica, como un bálsamo. Pero no por mucho, el comandante acabó con esto casi al instante: «Tu padre los espera». Era claro que no tendríamos ningún respiro. Ni siquiera el tiempo para llorar a nuestra madre. Siempre surgía un nuevo obstáculo que saltar, cada vez más grande para nuestras jóvenes piernas. Así que nunca había un momento de calma, de pausa. Tampoco teníamos la capacidad de pensar con claridad, no podíamos reflexionar, razonar, sopesar. Éramos sólo una acumulación de tormentos. Una herida abierta, una hemorragia.

«Ahora sería bueno. Me han informado que su abogado está en camino», insistió después de colgar el teléfono.

Consulté a Léa y aceptamos.

Entramos con una precaución exagerada en una habitación oscura que parecía ser la sala de interrogatorios, y nos sentamos en silencio, esperando a que lo trajeran. Estábamos nerviosos.

En mi interior, pensaba: odio a este hombre, odio a este hombre que le quitó la vida a nuestra madre, que antes de eso la hizo pasar por un infierno, porque todo siempre tenía que girar en torno a él, porque sus deseos siempre tenían que ser lo primero, porque sus celos eran incontrolables. En esta extraña y silenciosa espera, retrocedí en el tiempo y me di cuenta de que este odio venía de más atrás. Por supuesto, no era exactamente odio, más bien era un resentimiento, una distancia, una falta de comprensión, pero de todas formas no eran sentimientos normales entre un hijo y su padre.

Cuando era niño, ¿realmente había mostrado algún gesto paternal? ¿Había jugado conmigo? ¿Alguna vez había preparado mi desayuno? ¿Siquiera sabía qué tomaba por la mañana? ¿Me había ayudado a vestirme? ¿Me había llevado a la escuela? No conservaba ningún recuerdo de algo así. A los ocho años, cuando pedí aprender a bailar, ¿me apoyó? No, más bien me desanimó, se burló de mí. Cuando pasé mis exámenes, ¿me felicitó? No, dejó claro que prefería tener un hijo que jugara al fútbol. Y cuando me fui a París, ¿me extrañó? No, que esté a cientos de kilómetros no le supuso ningún problema, incluso le quitó una preocupación y le dejó el camino libre (se quedaba como el único hombre en casa, actuando a su antojo; de hecho, es atroz darse cuenta de esto a posteriori). Éramos casi extraños el uno para el otro y así vivíamos sin mencionarlo nunca.

Cuando llegó, lo primero que noté fue su mirada. Era la mirada de un perro apaleado, con un aire apenado que parecía decir: lo siento, les pido perdón. Recordé lo que Léa me había contado: después de cada bofetada que le daba a mi madre, él se disculpaba. Seguro era la misma mirada que usaba con ella. Me pareció completamente falsa, fabricada, hipócrita. Sólo logró aumentar mi hostilidad.

Para Léa, sin embargo —lo sentí esa vez, y eso se confirmó con los años— las cosas eran mucho más complicadas. Justo antes del incidente, él seguía siendo su padre en el día a día; ella sentía afecto por él, y él le correspondía, a veces le hacía regalos. Si bien sus arrebatos de violencia la perturbaban y la mantenían en un estado de alerta constante, él sabía cómo hacerle creer que no era nada, que sólo eran peleas entre adultos, como las hay en todas las parejas, y sabía bien cómo reconquistarla. Que en cuestión de segundos se hubiera convertido en un monstruo capaz de cometer ese acto irreparable, no terminaba por acomodarse en su cabeza. Ella le guardaba rencor, incluso se sentía enferma por ello; no obstante, no era tan fácil desechar todo lo que los había unido, lo que aún los unía. Y, en el fondo, fue esta ambivalencia la que más adelante la llevaría al caos.

Cuando se sentó frente a nosotros, extendió sus brazos para pedirnos nuestras manos, supongo que quería tomarlas, tocarlas. Los dos permanecimos con los brazos cruzados, apartados. Bueno, Léa titubeó por un segundo.

Pasamos poco tiempo con él, el abogado estaba a punto de llegar. Lo importante para mí era obtener su consentimiento para ceder la custodia de Léa a nuestro abuelo. Verdier tenía razón: lo conseguimos porque él no se atrevió a negárnoslo.

Tuvo tiempo de asegurarnos que él no había querido «todo esto», que las cosas habían salido mal, se le habían escapado de las manos, que no supo lo que estaba haciendo y que fue un «terrible accidente».

Un terrible accidente, diecisiete puñaladas.

También nos confirmó que nuestra madre tenía la intención de dejarlo y que eso lo volvió loco. En resumen, era culpa de ella.

Me levanté y llevé a Léa conmigo.

35

Dos días después, pudimos finalmente ver a mamá. Nos esperaba en la sala de velación, tendida en su ataúd.

Primero tuvimos que pasar por una puerta en la que estaba clavada una tarjeta de cartón con su nombre. Pensé: así es como termina la vida, con un nombre sobre una puerta, en la parte trasera de una funeraria. Supuse que el día anterior había sido otro nombre y que uno nuevo vendría al día siguiente.

La habitación era estrecha y semioscura. En las paredes había imágenes de paisajes marinos, sin duda por sus propiedades tranquilizantes. Alrededor de la sala, se encontraban sillas de plástico dispuestas para que todos pudieran llorar y velar a mi madre; parecía un salón de baile antiguo, pero sin bailarines. En el centro estaba el ataúd; alrededor no habría danza.

Los embalsamadores hicieron un buen trabajo: aunque el rostro tenía un aspecto ceroso, parecía sereno (no tuve tiempo de darme cuenta de ello en la morgue, fue muy rápido todo y en ese momento sólo se trataba de reconocerla, no de mirar a detalle). Esto me tranquilizó. Por un segundo, temí ver en sus rasgos el pánico y el sufrimiento de sus últimos segundos. ¿Era un milagro del maquillaje? ¿O la muerte la había liberado?

Llevaba una blusa en tonos claros que ocultaba las puñaladas recibidas en su pecho, abdomen, brazos e incluso en su cuello. Nadie podría sospechar ni de la violencia ni de los estragos de la autopsia. Desconozco de dónde provenía esa blusa. Consideré preguntarlo, pero luego me arrepentí.

Noté que Léa se detenía también en la prenda con esa mirada vacía que ya antes había visto y me preocupó. Elegí pensar que esa suerte de desconexión intermitente que de pronto reparaba en mi hermana era deliberada, que respondía a una manera de disociarse de la realidad como mecanismo de defensa, pero luego comencé a temer que fuera algo más, sin ser capaz de determinar qué.

Nos sentamos uno al lado del otro. En medio del silencio, busqué recuerdos con el único propósito de escapar del horror de la situación, pero ninguno llegó. De hecho, eso no es del todo cierto: había imágenes que surgían, pero se desvanecían de inmediato, como si se evaporaran. La imagen del cadáver eclipsaba todas las demás.

Las personas desfilaron por la habitación: familiares, amigos e incluso el alcalde (todos menos mi abuela paterna, a quien le pedimos que no viniera; tal vez fue injusto, pero así lo decidimos). Todos nos saludaron. Lo que más me impactó no fue su simpatía o su tristeza sino la impotencia que podía ver en sus rostros. No sabían (y, en el fondo, era comprensible) cómo comportarse con nosotros. Para aliviarlos, les ofrecíamos sonrisas forzadas.

El silencio era abrumador, sólo se interrumpía de repente por la fricción de telas, los susurros y algunos sollozos apagados. A veces, era el crujido de una silla sobre el piso de azulejo.

Después de un rato, un hombre vino a preguntarnos si podía cerrar el ataúd (quizá necesitaban liberar el espacio y bastarían cinco minutos para el «último adiós»). Si queríamos despedirnos de nuestra madre, era «ahora». Léa se levantó primero para tocar la frente de la difunta. Sorprendida, se volvió hacia mí: «Está dura, parece piedra». No encontré palabras para responderle.

Nos movimos a un lado y justo antes de que se colocara y se sellara la tapa, no pude evitar pensar: es la última vez que la veremos, nunca más sucederá. Por supuesto que nos quedan las fotos y recuerdos, pero no será lo mismo, ya no tendremos su presencia, jamás. Seguramente todo el mundo piensa algo parecido al momento de despedirse de sus seres queridos. Suponer esto no me consoló en absoluto. La fría mano de Léa tomaba la mía.

Sobre la tapa, descubrimos una placa que mencionaba su nombre, apellido, el año de su nacimiento y el de muerte. Como si se pudiera reducir a las personas a eso, a dos palabras, a dos números. Como si eso pudiera contener las risas, las esperanzas, los abrazos, los bailes, las desilusiones y los miedos.

36

No me acuerdo mucho de la ceremonia. Apenas retuve algo del sermón del sacerdote. Me dijeron que fue conmovedor y sobrio.

No quise hablar y Léa tampoco, a pesar de que nos lo habían sugerido. Sería la oportunidad de rendirle un homenaje a nuestra madre, de expresar lo que teníamos en el corazón y de empezar a dejarla ir. Pero nos pareció que estaba más allá de nuestras fuerzas; tal vez sólo queríamos guardarla para nosotros. Hablar de ella significaba perderla un poco más.

Fue nuestro abuelo quien dio un discurso. Recuerdo su resistencia, su dignidad, los esfuerzos para no flaquear; aún puedo escuchar su voz quebrándose, a pesar de todo, en una frase trivial, y luego ver cómo lograba reponerse. Aún puedo oír su aliento entrecortado.

Durante todo ese tiempo, tuve los ojos fijos en la foto que estaba sobre el ataúd. Había sido tomada en la playa de Arcachón dos años antes. El viento había revuelto los cabellos de mi madre sobre su mejilla derecha y ella sonreía. A lo lejos, borrosos, se podían adivinar turistas en la arena y un niño sosteniendo una cometa con los brazos extendidos. Me aferré a la calma de ese momento; aunque sabía que era engañosa, necesitaba creer en ella.

Léa, por su parte, contemplaba los vitrales. ¿Estaba hipnotizada por los ángeles o por los reflejos? ¿O tal vez por en nada en absoluto?

Al final de la ceremonia, unos rayos de sol se filtraron para iluminar el fresco suelo de las baldosas y cuatro hombres surgieron de un rincón para cargar y llevarse el ataúd con una mezcla de fuerza y cuidado.

Cuando nos levantamos para seguirlos, observé por primera vez a los asistentes (al entrar, estaba aturdido y no había prestado atención). Era una multitud de gente valiente, en su mayoría desconocidos, que venían a mostrar su apoyo; sus rostros se me confundían porque mostraban la misma expresión. Me parecía que ese número de personas reunidas hablaba de una indignación compartida. Lo que había sucedido no correspondía a sus valores, no parecía ser algo de su ciudad, de nuestra ciudad. En efecto, Blanquefort era un lugar tranquilo. Todos se preguntaban por qué tal desgracia había caído sobre ella. No había respuesta y plantear la pregunta tampoco servía de nada.

Hicimos el recorrido, siguiendo el ataúd mientras resonaba en la iglesia *Évidemment,*[1] la canción de France Gall. Léa había insistido en que la pusieran, porque «a mamá le gustaba mucho».

La letra decía: «Hay un sabor amargo en nosotros / como un sabor a polvo en todo / y la ira que nos sigue a todas partes». También decía: «Todavía nos reímos / por tonterías / como niños / pero no como antes». Estas letras, que había olvidado, me causaron un dolor terrible.

Del entierro tampoco recuerdo mucho. Es como si otra persona hubiera estado entre las tumbas, en medio de un torbellino de hojas, un joven que se parecía a mí, pero que no era yo. Sólo un cuerpo, una envoltura. Parece que este tipo de disociación es común, como un mecanismo de defensa. Sin embargo, me acuerdo que el aroma de las flores, especialmente el de los lirios, me provocó un mareo.

Mi mamá fue enterrada justo al lado de su propia madre. El lugar era el que mi abuelo había

[1] *Évidemment*, canción escrita por Michel Berger, interpretada por France Gall. Álbum *Babacar*, Apache Records WEA, 1988.

comprado para sí mismo veinticinco años antes, cuando perdió a su esposa; ahora le correspondía a su hija, él se lo daba, reuniendo de esta forma en el mismo sepulcro a las dos mujeres de su vida. Fue a la vez terrible y hermoso.

Después de eso, la multitud se dispersó en silencio, despacio. Nosotros tres nos quedamos delante de la tumba abierta, frente al ataúd salpicado por puñados de tierra. No experimenté ningún consuelo. Al contrario, con esos primeros fríos del otoño, me di cuenta de que la caída apenas comenzaba.

37

Ahora bien, el abuelo se las arregló para que la vida pudiera continuar como antes.

Previamente se había asegurado de preguntarle a Léa qué prefería hacer: ¿quería alejarse del lugar de la tragedia y comenzar en otro sitio una nueva vida? Sólo necesitaban encontrar algo propio, ¿o prefería quedarse donde había nacido y crecido? Léa le explicó que dejar a sus amigas sería muy difícil, que no se sentía capaz de hacerlo, necesitaba personas en las que pudiera confiar, personas en quienes poder apoyarse. El abuelo concluyó entonces que le correspondía buscar un nuevo hogar en Blanquefort, y eso fue lo que hizo. En cuestión de días, encontró un apartamento amueblado, no muy caro, funcional, a poca distancia del lago. Un departamento de cuatro habitaciones para ella, para él y una para mí cuando volviera los fines de semana. Tiempo después, pondría en venta su casa en Bergerac, sin decírnoslo, para poder financiar esto y ponernos a salvo, en todos los sentidos de la palabra. A un viejo amigo, le confiaría: «Me importaba esa casa, eso es seguro, pero no tanto como mis nietos. Hay momentos en la vida en los que un hombre sabe lo que debe hacer».

No obstante, un techo por sí solo no sería suficiente. Además, a pesar de sus buenas intenciones, su generosidad y dedicación, el abuelo no era ella, nuestra madre, y no podría sustituiría; yo tampoco. En estas circunstancias, lo único que los dos podíamos hacer era rodear a Léa y ofrecerle un hogar, aunque fuera reconstituido y singular, pero seguro. Porque eso es lo que necesitaba, seguridad. Y un amor sin límites. En cualquier caso, estaba convencido de ello y, por lo tanto, presenté mi renuncia.

Léa y el abuelo intentaron disuadirme de dejar la Ópera (el abuelo, sobre todo): yo había trabajado tanto para llegar hasta ahí, había tenido éxito en donde otros suelen fracasar, ocupaba un lugar envidiado por muchos y era joven. Si seguía siendo disciplinado llegaría el día en el que me nombrarían primer bailarín. Recordé las horas, los días, los meses, los años dedicados a esculpir mi cuerpo, a darle flexibilidad, tal vez gracia, a repetir los mismos gestos, los mismos movimientos, los mismos pasos, a equivocarme, a lastimarme hasta sangrar, a comenzar de nuevo, a caer y a levantarme, a bailar en medio de los demás esperando destacar, y lo borré todo por acto de magia.

También me dijeron que tenía talento. Nunca me lo habían dicho en la escuela ni en el ballet, aunque me habría gustado escucharlo. Por suerte, mi mamá me lo repetía todo el tiempo. Era su manera de decirme que me amaba.

Estaba renunciando a mis ambiciones, a mis sueños de niño y, quizá, me culparía por esto toda la vida. Lo señalaron y yo también lo pensé. Sí, había existido un niño, en otro tiempo, atravesado por una quimera, impulsado por un objetivo loco, guiado por un ideal. Un niño que había logrado superar las burlas, los escupitajos; que había sobrevivido al desánimo, al cansancio, precisamente gracias a ese maldito objetivo. Ese niño había crecido, se había acercado al sol y había terminado por cerrar sus alas y volver a casa. Para no ser devorado por el arrepentimiento, siempre podría convencerse de que sus alas se habrían quemado.

Por último, Léa y el abuelo argumentaron que para superar la terrible prueba y reconstruirme, necesitaría un grupo, un entorno, un oficio, una pasión. Estaba de acuerdo con ese análisis, pero no tenía elección. ¿De qué sirve debatir cuando no se tiene elección?

No he olvidado mi estudio, ya sin rastros de mí: el último vistazo por el tragaluz abierto sobre el cielo de París, la puerta que se cierra, las pobres cajas apiladas en una furgoneta de alquiler. Tardé siete horas en volver a Gironda. No es tiempo suficiente para una despedida.

Conseguí trabajo en una escuela de danza de Burdeos. A pesar de mi corta edad, me encargaron la formación de los alumnos más jóvenes, de los niños de entre seis y ocho años que se presentaban, como yo mismo había hecho once años atrás. El primer día, cuando vi llegar a los más pequeños, se me llenaron los ojos de lágrimas.

Ya nunca sería Billy Elliot.

38

Una mañana, poco después de mi regreso —ya estábamos instalados en el nuevo departamento intentando sobrellevar las consecuencias del desastre—, al salir, observé a un amigo de mis padres al pie del edificio, en la acera de enfrente. En realidad, no lo conocía. Uno no conoce realmente a los amigos de sus padres, no es algo a lo que uno preste atención. Lo saludé desde lejos y él me respondió haciendo un gesto con la mano. Mientras caminaba hacia el parque, recordé que él había asistido a la ceremonia y parecía conmovido. Aceleré el paso y lo aparté de mi mente: había decidido volver a correr, me sentaría bien, me ayudaría a despejarme y a cansar el cuerpo.

Sin embargo, al día siguiente, me di cuenta de que este amigo, Patrick —su nombre me vino de repente a la memoria—, seguía de pie frente a nuestro edificio (me revelaría luego que había preguntado y alguien le había dado nuestra nueva dirección, el mundo era muy pequeño) y deduje que su presencia no era fortuita. Cuando crucé la calle, su rostro cambió. Pude ver claramente su vergüenza y su necesidad de desahogo. No me había equivocado: no estaba allí por casualidad.

Al principio mintió, fingió que vivía cerca antes de contármelo todo: tenía algo que confesarme, algo que «le pesaba». Fue un año antes, a altas horas de la noche. Pasaba frente a nuestra casa. Por alguna razón, vio que estaban las luces prendidas y, por una ventana, descubrió a mis padres discutiendo. Mi padre tenía agarrada por el cuello a mi madre, luego la soltó. Se quedó en la acera estupefacto, incluso petrificado. ¿Debía tocar la puerta? Era más de medianoche. ¿Estaba seguro de lo que acababa de ver? Todo había sucedido muy rápido y estaba con algunas copas encima. Además, no podía ser posible. Estas personas eran sus amigos. Por supuesto, Franck tenía sus cambios de humor, sus arrebatos, pero golpear a su esposa, no, era inimaginable. Y claro, ella tampoco se veía muy bien desde hace algún tiempo, sin embargo, había muchas razones para no sonreír: el mal tiempo, el final del mes, los hijos. Motivos había de sobra. Al día siguiente, sin embargo, intentó hablar de eso con mi padre, a quien visitó de improviso. Como reinaba la tranquilidad en casa, no se atrevió; pero no pudo evitar notar que mi mamá llevaba un pañuelo alrededor del cuello, algo no muy común en ella: ¿estaba ocultando las marcas del estrangulamiento? Al irse, le envió un mensaje de texto, un mensaje muy simple: «Te noté rara, ¿estás bien?». Se dio cuenta de que ella empezó a escribir, por los tres puntos en su pantalla, luego se detuvo. Al final, nunca recibió respuesta.

«Cuando alguien no contesta a la pregunta de si está bien, es que no está bien», concluyó. A pesar de esto, no insistió.

En los meses siguientes, los vio menos y cuando se cruzaron en el supermercado no notó nada «especial». Concluyó que se había equivocado por completo, aunque en el fondo no lo creía. Se dijo que quizá la situación había mejorado. «Sí, eso es». La pelea había sido excepcional y la mala suerte había querido que él fuera testigo.

Ahora, «lo lamentaba». Lamentaba no haber intervenido, no haber pedido explicaciones, no haber estado más presente para ella. Lamentaba haber minimizado los cambios de humor de mi papá. Se atrevió a reconocer lo siguiente: «Yo era su amigo y, sin embargo, siempre me dio un poco de miedo, no sabía explicar por qué. Ahora lo sé».

Cuando le pregunté si estaría dispuesto a hablar con el juez a cargo de la investigación, me respondió: «Si quieres, pero ¿qué cambiaría?».

Más tarde, ese día, reflexioné sobre la pasividad de Patrick, sobre los acuerdos con su conciencia. Eran iguales que los míos.

39

Es importante decir que esta conversación jugó un papel determinante. Y es que justo después de ella fue cuando realmente comencé mi trabajo de investigación. Fue así como terminé por entender que mi padre no sólo era un hombre posesivo y paranoico, un hombre que compensaba su miedo al abandono con ira, sino también, y quizá sobre todo, lo que se conoce como un narcisista perverso.

No era tan difícil de imaginar, pero en principio, las etiquetas no me interesaban, sólo importaban los hechos y el castigo que exigían. Además, para mí era una expresión de moda, utilizada con frecuencia en revistas o en la televisión. La había escuchado de pasada en conversaciones en las que yo no participaba. Nunca había intentado entender su significado preciso. Cuando me entrevisté con algunos especialistas, admití que mi padre cumplía con muchos de los criterios que definen esta patología. Mis recuerdos hicieron el resto.

Por ejemplo, insistía en que mi madre lo era todo para él y, pensándolo bien, era cierto: su mundo se reducía a ella, ya que había alejado a todos sus amigos creando un vacío alrededor de él. Y luego estaban sus celos que demostraban hasta el absurdo lo mucho que le importaba. Y, sin embargo, no podía evitar menospreciarla. A menudo le decía: «Tú no lo entiendes» o «¿Tú qué sabes?» o «Eso es cosa de hombres», y ella cedía de inmediato. No sé si por miedo a contradecirlo o porque pensaba que tenía razón. Entonces él podía llevar las cosas más lejos, hasta la humillación. Mi hermana me ha contado frases terribles que solía lanzarle a la cara como: «Sólo eras una huérfana cuando te encontré» o «Vender revistas a ancianas, cualquiera podría hacerlo». Y cuando las lágrimas aparecían en los ojos de mi madre, le ordenaba que no «se pusiera histérica» antes de asegurarle que «a pesar de todo» le importaba, y esa limosna le devolvía una pobre sonrisa.

Él sabía mejor que nadie cómo manipularla. Cada vez que expresaba una opinión, era claro que él no podía evitar contradecirla. Empezaba insinuando sus dudas con un «¡Ah, ¿a poco?» o un «¿Estás segura?». Luego la cuestionaba usando argumentos bastante pobres, pero que defendía con mucha seguridad, o teorías dudosas que parecían muy elaboradas y que imponía desde su masculinidad, de tal manera que ella terminaba desorientada renunciando a su punto de vista.

Por otro lado, si bien era duro con mi madre, otra cosa era con mi hermana. Por lo regular, con Léa era encantador. De hecho, ¿no era mi mamá quien solía jurar a quien fuera que mi papá era «un buen padre»? (ocultaba convenientemente el desprecio que mostraba hacia mí; supongo que trataba de guardar las apariencias). Era encantador con los demás, los del mundo exterior, los de afuera. Sabía ser gracioso, original, atento. Tenía talento para la comedia. También sabía cómo quedar bien con la gente diciéndole lo que quería escuchar. Sólo ella conocía su doble cara y es justo por eso que le resultaba imposible demostrarlo. Habría sido su palabra contra la de él, y todos le creerían a él.

Esto sumado a los ataques de celos fue la perdición de mi madre. Finalmente, esto la llevó a amenazar con irse y esto desencadenaría el arranque fatal.

40

El insomnio de Léa había comenzado.

Antes de eso, sin haberlo planeado, habíamos ideado lo que nos parecía una estrategia eficaz: no hablar nunca del drama que había entre nosotros, no darle más vueltas a los hechos, ni siquiera mencionar el juicio que comenzaría algún día. Nos limitábamos a las cosas cotidianas. Hablábamos del clima, de las compras que teníamos que hacer, de las cenas que tocaba preparar, de las películas que se estrenaban en el cine, de lo que pasaba en el «Dupa». En la tele, sólo veíamos series o partidos, nunca noticias. Esta política de avestruz iba a resultar desastrosa. Sin embargo, al menos en ese momento, decidimos apostar por la evasión.

Pero los problemas de sueño aparecieron.

Léa se despertaba en medio de la noche gritando y yo corría a su habitación. Al principio, decía que no era nada, sólo una pesadilla, como las que tenía desde que era pequeña, y cuando le pedía que me contara, me juraba no recordar, decía que se había desvanecido, como a menudo sucede con los sueños. En todas esas ocasiones, intuí que mentía, ya sea para no preocuparme o para evitar tener que dar detalles. A veces, yo era insistente, pero eso sólo hacía que se cerrara aún más.

Acabé entrevistándome con un psiquiatra. Era un hombre de unos cincuenta años, de aspecto anticuado, casi como un personaje de Modiano. Tenía su consultorio en Blanquefort, cuyo letrero me recordaba al de un detective privado o una vidente, lo que claramente reflejaba mis prejuicios o mi ignorancia. Esa vez me dijo: «Tendría que conocer a su hermana para estar seguro, pero, por lo que me cuenta, hay una fuerte probabilidad de que esté reviviendo la escena del asesinato. A esto se le llama memoria traumática. Suele manifestarse después de una agresión sexual o un incesto. También se presenta cuando una persona se ha enfrentado a un evento brutal extremo. Aún peor si involucra a un ser querido. La memoria está, digamos, lista para explotar, un poco como una olla a presión, y su hermana revive de la misma manera el *shock*, el terror, la incomprensión, la impotencia».

Cuando le pregunté qué debía hacer, se acomodó en su silla y respondió: «Lo mejor sería que un profesional la atendiera. Si nadie se hace cargo de su crisis, la situación podría empeorar». Sus palabras me sumieron en un abismo de desconcierto y ansiedad.

Decidí plantearle la idea a mi hermana, una noche en la que había gritado más de lo habitual. Ella encogió los hombros y se puso a la defensiva. ¿Por quién la tomaba? Sin embargo, esta vez me pidió que dejara encendida una pequeña luz al salir de su cuarto. Era claro, tenía miedo de sus fantasmas.

Y luego comenzaron a aparecer otros síntomas preocupantes. A veces, mientras conversábamos, ya sea en la mesa o durante nuestros paseos por el parque, se quedaba callada, incluso podía detenerse en medio de una frase, como si alguien apagara un interruptor o desconectara la corriente. Nos daba la impresión de que ya no estaba del todo con nosotros, parecía una muñeca quieta en una silla o un autómata cuyo mecanismo se había trabado. En esos momentos, como me explicó el psiquiatra, ella se ponía en blanco para anular temporalmente la realidad.

Porque la realidad consistía en una madre enterrada en un cementerio y un padre en una celda. La realidad era que la persona a la que estaba más unida había sido asesinada, masacrada por la persona que se supone debía protegerlas. Y por más que día con día nos esforzáramos para fabricar normalidad, nunca podríamos hacer desaparecer esa realidad.

Sólo nos quedaban esos breves momentos, cuando, a su manera, nos refugiábamos en el silencio, en la ceguera.

Un día en el que no podía terminar su desayuno, Léa por fin confesó: «Siento como si tuviera un nudo en el estómago todo el tiempo».

Fue curioso, pero me sentí aliviado al escucharla poner palabras a su dolor o, al menos, intentarlo. Y entonces reconocí que esto sería un proceso por el que tendríamos que pasar.

41

Las cosas empezaron a ir de mal en peor con ella.

En la escuela comenzó a sacar malas calificaciones, al punto de que mi abuelo y yo fuimos convocados por el director, un hombre bastante rígido, pero con tacto. No se trataba de amonestar a mi hermana —todo el mundo entendía las razones de sus mediocres resultados—, sino de alertarnos. Nos dijo que le costaba mucho concentrarse. Cuando sus profesores la interrogaban, se daban cuenta de que no los escuchaba. Cuando dictaban, no tomaba apuntes. A menudo se olvidaba de llevar los libros. Entregaba las tareas tarde, admitiendo que se le habían «olvidado».

Expresamos nuestra sorpresa. Y es que a pesar de que la acompañábamos y la supervisábamos cuando trabajaba en casa, hay que reconocer que sus retrasos, sus fallas, habían escapado a nuestra vigilancia. Mirando hacia atrás, soy consciente de nuestra negligencia, de lo que no hicimos bien. Quizás teníamos algunos atenuantes: nuestro propio dolor, nuestra falta de experiencia, nuestras deficiencias. La pregunta es: ¿Esto nos exoneraba? Por supuesto que no.

Había algo peor: parecía estar desarrollando una «fobia social». (Ése fue uno de los términos usados; para todo había fórmulas, etiquetas, un lenguaje técnico). Es cierto que siempre la veíamos acompañada de sus dos amigas (lo cual nos daba una suerte de esperanza), pero al mismo tiempo almorzaba lejos de los demás en la cafetería, se sentaba en un rincón del patio durante el recreo, alejaba a quienes se le acercaban o esperaba a que sus compañeros terminaran de cambiarse en el gimnasio para poder hacerlo ella. Incluso nos sorprendió descubrir que se había negado a participar en una excursión escolar de la que nunca nos habló. Cuando le preguntamos, se limitó a decir que no quería «viajar en autobús». Se volvió retraída y salvaje. A veces incluso se sobresaltaba cuando la tocábamos.

Y luego, descubrí que había comenzado a dibujar en un cuaderno. Lo noté por casualidad una noche mientras pasaba frente a su habitación. Al verme, Léa cerró rápido el cuaderno, lo cual me intrigó bastante. Días después, contra aquella regla que exige respetar la intimidad de los demás, y en particular la de una hermana menor, me dispuse a buscar dicho cuaderno. Finalmente lo encontré oculto bajo un montón de ropa. Estaba lleno de grandes trazos negros, de garabatos parecidos a los que hacen los niños que no saben sostener un lápiz, excepto que, al mirarlo más de cerca, me di cuenta de que no eran sólo garabatos sino unas bocas monstruosas.

Frente a esta situación, nos armamos de valor y unimos fuerzas para *obligarla* a ver a un *especialista*. Ahí estábamos, el abuelo y yo, parados frente a ella en la sala, explicándole que no, no estaba enferma, pero que necesitaba ver a un psiquiatra, que de hecho estaba «sufriendo» y lo mejor era acudir con una persona capacitada para escucharla, porque nosotros no lo estábamos. Para nuestra sorpresa, no dijo nada. Eso nos tranquilizó. Aunque en cierto modo, lo que pasaba es que ya se había rendido. Sólo aceptó complacernos para no gastar energía en llevarnos la contra; ya casi nada le importaba. Un psiquiatra o lo que fuera, en el fondo le daba igual.

El terapeuta dio un diagnóstico que de algún modo ya conocíamos: Léa sufría de estrés postraumático. Propuso recibirla regularmente, aunque señaló que «no era muy cooperativa». Le recetó antidepresivos.

Prozac, lo mismo que tomaba nuestra madre.

Entonces pensé: ¿Qué niña de trece años toma Prozac? (porque sí, Léa aún era una niña, ¡maldita sea!). Bueno, aquélla cuya infancia fue aniquilada en cuestión de segundos. Aquélla que crece con el olor de la sangre y el recuerdo de los golpes. Aquélla que no puede decir la palabra «mamá» sin que las lágrimas le escurran, ni la palabra «papá» sin sentir escalofríos.

42

Una noche, nueve meses después de los eventos, Léa se fugó.

Aquella mañana, al despertar, descubrí que no estaba en su habitación: su cama estaba intacta y faltaba ropa en su clóset. Lo entendí de inmediato (hay hipótesis nunca consideradas o dichas que toman forma en un instante, ¿entienden lo que quiero decir?).

Llamé diez, veinte veces a su celular, pero siempre me mandaba a buzón de voz. Envié mensajes de texto llenos de ansiedad, pero evitando el menor reproche. Se quedaron sin respuesta. Llamé a sus amigas, pero me aseguraron que no sabían en dónde estaba y les creí. Su ignorancia aumentó mi preocupación: ni siquiera a aquéllas a quienes les confiaba todo les había dicho o insinuado algo. Alerté a la policía y fue Pierre Verdier quien tomó el caso. No parecía sorprendido, como si fuera lógico desaparecer después de un drama así. Tal vez había algo de verdad en eso, pero su frialdad no terminaba de gustarme. Sin embargo, se mostró reactivo, como si tuviera algo que compensar, y seguramente así era.

Comenzó la espera.

Es espantoso esperar. Estás ahí, con los brazos cruzados, sin poder hacer nada. Das vueltas en el departamento y luego te vuelves a sentar. Enciendes la televisión, pero ninguna imagen te atrapa, ningún sonido, todo es caos, al final la apagas. Sales al balcón para tomar un poco de aire, pero quema. Vas a caminar al parque para estirar las piernas y vuelves de inmediato consumido por una extraña culpa. En el camino, sientes que todos te miran fijamente, como si tu desconcierto y desgarro fueran evidentes. Revisas tu teléfono cada minuto, aunque es imposible que hayas perdido una llamada. Entiendes que la impotencia es como una prisión.

Y, durante esta espera, eres asaltado, a intervalos casi regulares, por una angustia muy pura. Te sientes golpeado por olas cada vez más altas, porque la imaginación se desboca. ¿Cómo se desplaza la fugitiva? Sabes que no puede conducir y apenas tiene dinero. ¿A pie? ¿Y si la atropellan?

¿Si toma caminos peligrosos? ¿Estará haciendo *autostop*? ¿Y si se encuentra con alguien peligroso? ¿En autobús? ¿Para ir a dónde? ¿En tren, sin pagar? ¿Y cómo va a alimentarse? ¿A hidratarse? Siempre llega un momento en que el cuerpo lo exige. Las preguntas surgen y chocan como bolas de *pinball*. La más agobiante es: ¿Qué busca Léa con esta fuga? ¿Ir a ver si está mejor en otro lugar? ¿Decirnos algo? ¿Romper con su malestar, escapar de su abatimiento, de su letargo? ¿Poner fin a todo?

Poner fin a todo.

Cuando llegas a esta pregunta, la locura te acecha.

Después de treinta y seis horas, sonó mi teléfono: era ella.

Lo único que dijo fue: «Estoy en el Pyla. ¿Puedes venir por mí?». Subí enseguida al coche del abuelo y me dirigí hacia la bahía de Arcachón. En el camino, ni siquiera pensé en avisar a la policía. Lo importante era que estaba sana y salva, y regresaba con nosotros.

Al llegar, seguí sus indicaciones y la localicé con facilidad: estaba sentada en una banca. La playa estaba casi desierta por la llovizna. Me senté a su lado, sin decir una sola palabra, aunque por dentro estaba lleno de preguntas. Con la mirada fija en el horizonte, empezó a explicar: «Tenía ganas de ver el mar. Es lindo el mar cuando no hay nadie». Seguí callado. Entonces recordó: «Vinimos aquí con mamá, ¿te acuerdas? Subimos la duna». Me resultó fácil recordar nuestros pasos en la arena caliente, nuestros esfuerzos, nuestras respiraciones entrecortadas, nuestra alegría y nuestros brazos en alto una vez que llegamos a la cima (nuestro padre estaba ausente). Léa se me había adelantado: «Cuando bajamos, comimos wafles». Sonreí. Luego añadió: «Creo que nunca podré volver a comer wafles».

Finalmente, dejamos nuestra banca. Mientras caminábamos hacia el lugar donde había estacionado el auto, ella echó un vistazo hacia las casas que parecían resguardadas bajo los pinos, y dijo: «La gente de por aquí debe ser muy feliz». Luego de eso, regresamos a Blanquefort.

43

Poco tiempo después pude regresar a nuestra casa. La policía aceptó por fin levantar los sellos. Casi un año después.

Le pregunté a Léa si quería acompañarme y me sentí aliviado de que dijera que no.

Metí la llave en la cerradura y, esto va a sonar tonto, pero me sorprendió que funcionara. Abrí la puerta de entrada con infinita precaución, como si estuviera profanando el lugar. O quizá era un miedo a que todo se viniera abajo. Porque imaginaba que la podredumbre había proliferado.

Una vez en el vestíbulo, decidí ir a la sala de estar para no sofocarme de inmediato. El desorden en la habitación me sorprendió. Noté que los investigadores de aquel momento llevaron a cabo un registro exagerado, como si hubiera servido de algo, como si no supieran ya todo. En el comedor, los cajones del aparador estaban abiertos, las facturas estaban esparcidas. Y nadie, desde entonces, había regresado, ya no digamos para limpiar, sino al menos para ordenar. Incómodo por el olor a humedad, abrí las ventanas de par en par; un geranio había florecido de milagro en una de las macetas. Subí al piso de arriba para descubrir colchones volteados, clósets vacíos. En el suelo de la habitación de Léa, había ropa suya tirada al azar, un vestido de verano, una camiseta con la cara de Minnie, unos jeans remendados. En la mía, había libros. Vi la autobiografía de Nureyev y una copia de bolsillo de *Cumbres borrascosas*. Había algo nuestro ahí, esparcido por el suelo.

Bajé lentamente para dirigirme hacia la cocina. Al entrar, aunque estaba preparado, no pude evitar retroceder. Incluso me apoyé contra la pared para no caer, para soportar el espectáculo que se me presentaba: sangre por todas partes, en el suelo, en las paredes, en el mantel de plástico, sangre que se había vuelto negra con el tiempo. La policía había dejado la escena del crimen intacta y omitió decírmelo al entregarme las llaves.

Así que todo se detuvo al mismo tiempo que el corazón de mi madre, todo se congeló cuando se llevaron su cuerpo, todo quedó fosilizado.

Fue así como el pasado me alcanzó.

Recordé los desayunos alegres que habían tenido lugar en esa cocina. Vi a mi madre colocando los tazones en la mesa, cada uno en su lugar, llenándolos de chocolate caliente, pan tostado; poniendo frascos de mermelada y dándonos la bienvenida con una sonrisa todavía adormilada. (Siendo totalmente honesto, debo reconocer que mi padre, en ocasiones, contribuía a esa alegría: sabía ser juguetón de vez en cuando, organizaba carreras alrededor de la mesa, hacia la sala, por las escaleras, y luego hacia la entrada donde cargaba el cuerpo frágil de mi hermana, tan ligero como una pluma, la hacía girar en el aire para atraparla y abrazarla. Ella reía, reía con inocencia y yo también tenía una sonrisa en los labios; este relato casi me da náuseas).

También hubo cenas interminables y bulliciosas con amigos que estaban de paso; otras silenciosas, arrulladas por el sonido de la televisión, atrapadas en una noche que caía demasiado rápido. Había sido real, no lo había imaginado.

En el refrigerador, la comida se había echado a perder, estaba ennegrecida como una infección.

Tan pronto como pude, quise borrar las huellas de la tragedia. En bolsas de basura, me deshice de los alimentos caducados, de las cosas usadas, de los periódicos viejos, de la vajilla destrozada en la pelea; de todo tipo de escombros. Tiré y tiré, esforzándome por dejar de relacionar cada cosa con un recuerdo. Eso fue lo más difícil.

Luego saqué una cubeta, un trapeador, una escoba, esponjas, productos de limpieza, cloro, y me dispuse a lavar, fregar, pulir, restregar y dar brillo. En cada habitación, acomodé todo metódicamente, con un cuidado que no sabía que era capaz de prestar. Tenía que fingir que ahí no había ocurrido ninguna tragedia, que Léa podía volver, aunque sólo fuera para recoger algunas cosas, sin que el pasado le saltara a la garganta.

Pronto organizaríamos una venta de garaje para quienes estuvieran interesados, y tiraríamos el resto al basurero para dejar todo limpio. Luego iríamos a una agencia inmobiliaria para decirle: aquí está, la casa es suya, véndanla a quien quiera comprarla. No seremos exigentes con el precio, sólo queremos deshacernos de ella; nos da igual que nuestra juventud también se pierda.

44

Después de veintiún meses a la deriva en un mar en apariencia tranquilo, pero fangoso en el fondo y tan vasto que no había ningún puerto a la vista, el tribunal de homicidios de la Gironda se reunió y, finalmente, comenzó el juicio.

Fuimos convocados como la parte civil. Léa estaba llamada a testificar, ya que se estableció que era testigo indirecta del asesinato. Nuestra abogada la ayudó a preparar su testimonio.

Tuvimos que caminar entre una multitud de curiosos para llegar al tribunal. Subimos las escaleras bajo un enjambre de fotógrafos y periodistas con sus micrófonos. Una pregunta tonta se repetía una y otra vez: «¿Cómo se sienten?». ¿Cómo creían que nos sentíamos? Estábamos tan desolados como el primer día, devastados. También impacientes por curar nuestras heridas. Le dije a mi hermana: agacha la cabeza, no contestes, ignóralos.

En la sala de espera, un hombre con uniforme nos indicó el camino y lo seguimos. Cuando llegamos frente a la sala de audiencias, nos separaron; Léa no estaba autorizada para estar ahí hasta que hubiera dado su testimonio. Ella tuvo que quedarse en un pequeño cuarto de junto, con mi abuelo. A mí me hicieron entrar y tomar un asiento. Había algunos espectadores ya instalados. No se lo querían perder por nada del mundo. El susurro de su conversación y sus miradas esquivas creaban una atmósfera extraña. Me sentía como un animal de circo.

El banquillo de los acusados aún estaba vacío. Después de unos quince minutos, apareció mi papá escoltado por dos guardias. Saludó a su abogado que estaba en la parte baja de la sala. Volteó hacia la audiencia y luego me buscó con la mirada. En el momento en que me localizó, esbozó una débil sonrisa a la que no respondí.

Era la primera vez que lo veía desde aquel enfrentamiento en la sala de interrogatorios de la estación, al día siguiente de su crimen. Deliberadamente habíamos rechazado todas sus solicitudes de visitas, todas sus súplicas y rabietas. También tuvimos que superar algunos periodos de vacilación, porque, seamos honestos, los hubo. Estábamos convencidos de que esta barrera era indispensable para salir adelante algún día. En ese momento lo vi envejecido, delgado, demacrado, y no sentí pena ni experimenté compasión.

Sin embargo, no puedo negar que verlo me movió, me estremeció. Ese hombre seguía siendo mi padre y lo sería hasta el final, compartíamos la misma sangre, años de vida juntos; había sentido algo por él y, aunque estaba convencido que de eso no quedaba nada, aún había, como en esos grandes incendios, cenizas mal apagadas.

Pensé que para Léa, estos reencuentros, aunque hubiera distancia física de por medio, serían perturbadores y dolorosos. Ya lo había comentado, creo: ella mantenía una suerte de actitud ambivalente hacia él, lo que, por cierto, explicaba en gran medida su profundo desconcierto. Lo culpaba por lo que hizo, pero no llegaba a odiarlo. Había aceptado desterrarlo de nuestras vidas, aunque eso no impedía que de vez en cuando se le saliera un tímido: «¿No deberíamos ir a visitarlo al menos una vez?». (Me pregunto si al prohibírselo de esa manera, creyendo que la estaba protegiendo, no había yo agravado su desequilibrio, o si al silenciar la única discrepancia entre nosotros, me había arriesgado a que nos explotara algún día en la cara.) Mi hermana descubriría a un hombre acabado a quien, a pesar de todos sus defectos, alguna vez vio brillar.

Cuando la jueza hizo su entrada, todos se pusieron de pie.

La audiencia comenzó con un incidente: dos mujeres se levantaron de repente, abrieron sus camisas y, con los pechos al aire, gritaron consignas denunciando los feminicidios, la inacción de la policía y la lentitud de la justicia. (Un detalle, por cierto: en el procesador de textos que estoy usando, la palabra «feminicidio» está subrayada en rojo, al igual que otras que no pertenecen al diccionario. De hecho, no es un detalle). Aquellas mujeres fueron expulsadas de la sala al instante. Sin embargo, no olvidaré la mirada de complicidad que una de ellas cruzó conmigo mientras era sacada con brusquedad del recinto por uno de los guardias.

Temí que la jueza se ofendiera por este exabrupto y, de hecho, no dejó de insistir en que no toleraría ningún desorden. Inmediatamente pensé: al menos están claros los términos del debate. No estábamos juzgando sólo una noticia, sino un acontecimiento social. No era sobre una disputa doméstica que salió mal, sino sobre las consecuencias de un continuo de violencia y terror. No estábamos hablando de un asesinato, sino del deseo de un hombre de afirmar su poder y establecer su dominio. Y de la ceguera de la sociedad. Y del miedo a nombrar.

45

Aunque fue algo que estuvimos esperando mucho, a veces preferiría que ese juicio nunca hubiera ocurrido. Lo que escuché allí se me quedó grabado para siempre como las marcas de hierro en el ganado. Aún me despierto por las noches pensando en eso.

Como ya nos lo temíamos, el abogado de nuestro padre, sin ningún reparo, argumentó «el arrebato». Si el abogado lograba demostrar que hubo una pérdida de discernimiento, entonces mi padre podría obtener una sentencia favorable. De lo contrario, se conformaría con una alteración del discernimiento para mitigar la pena. Ya nos habíamos enterado de casos en los que un tipo se hace pasar por loco y sale airoso. No era una mala estrategia, sólo era repugnante.

Primero, afirmó que nuestro padre no era «en absoluto» un hombre violento, que «nadie lo había visto levantarle la mano» a su esposa. Más bien, en cierta forma, su cliente llevaba a cabo su trabajo de socavamiento fuera de las miradas, y era lo bastante inteligente como para confinarlo a la intimidad de su propio hogar. Él sabía engañar; de hecho, los engañó. Mi papá llegaba al punto de presentarse como víctima ante sus colegas o seres queridos: su esposa le hacía la vida un infierno, decía que mi madre veía hombres a escondidas y que, incluso, en la tienda coqueteaba con algunos. Los había engatusado. Sobre el estrado, testigos aseguraron que «no habían visto nada». Y si no habían visto nada, ¿no sería justo porque no había nada que ver?

A continuación, el abogado afirmó que el único testimonio que se presentaría, el de su hija, era «indirecto». Según él, ella no había «presenciado» en verdad las escenas que iba a describir. Las había percibido «vagamente» y «a distancia». De hecho, invitó a hacer un ejercicio de imaginación: desde un dormitorio con la puerta semicerrada en el primer piso de una casa inmensa, ¿podríamos captar «realmente» lo que se dice en la sala ubicada en la planta baja? «Seamos honestos, la respuesta es no».

El abogado añadiría que, en cualquier caso, dicho testimonio estaba «sujeto a dudas». Pues, no debíamos olvidar que, en el momento de los hechos, Léa aún era una niña, una niña susceptible de ser impresionada como todo niño. Una niña que, amando más que nada a su madre, estaría dispuesta a decir cualquier cosa para defenderla, «y eso era perfectamente normal». Por si fuera poco, a los trece años, ¿no se tiene una «imaginación desbordante»?

Al mismo tiempo, descartó de un plumazo la declaración del amigo de mis padres, el que había atestiguado el intento de estrangulamiento: «¿Un borracho? ¿De noche? ¿A diez metros? ¿De verdad?».

Luego alegó que la perspectiva de una ruptura había desencadenado en nuestro padre «una descarga impulsiva». ¿Y cómo no entenderlo? Su mujer era «todo para él». Perderla era una «perspectiva insoportable». ¿Qué hombre aceptaría separarse de «la mujer de su vida» sin reaccionar? Así que evocó recuerdos de un amor a primera vista en su juventud, de un matrimonio feliz coronado por el nacimiento de dos hijos, de una relación de más de veinte años. No todo lo que decía era falso en su argumentación, salvo que se sostenía de apariencias e ignoraba, de manera deliberada, la infelicidad amortiguada de una mujer atrapada por la paranoia de su marido.

Es esta tensión psíquica la que lo llevó a perder el control de sí mismo y provocó en él una especie de disociación, «no hay que equivocarse». Para el abogado, no había duda de que nuestro padre no había sido plenamente consciente de su acto, ya que estaba dominado por la emoción, abrumado por el estrés. Como prueba, señalaba que no recordaba nada. ¿No era este *blackout* una prueba de su falta de responsabilidad?

En cuanto al número de puñaladas infligidas, el defensor también tenía preparada una explicación: «Una vez que se da la primera, el resto se encadena y ya está. Es conocido, es común; los expertos lo explican muy bien».

Incluso, su lamentable fuga jugaba a su favor: era la mayor prueba de la confusión, el extravío y la ceguera por la que estaba atravesando.

Su abogado concluyó presentando el «inmenso arrepentimiento» del asesino. «Por supuesto que lo lamenta y se avergüenza, se culpa a sí mismo: ¿por qué no sería así?». En el fondo, su dolor y remordimientos constituían su verdadera condena. ¿Por qué deberíamos añadir otra más? ¿Qué tenía que ver la justicia humana con esta lucha íntima?

46

Sospechábamos que existían diferentes formas de contar la misma historia. Concedíamos que al principio el recorrido de nuestros padres había estado lleno de momentos hermosos, antes de que las cosas se secaran y se pudrieran. Sin embargo, esta presentación nos llenó de ira. Al menos a mí. No perdía de vista que en esta historia había sólo una víctima y un verdugo.

Por fortuna, nuestra abogada y el fiscal tomaron la palabra. Punto por punto, de manera metódica, la maestra Virginie Cadiot refutó los argumentos de su colega.

Primero, evocó los años de reproches velados, las acusaciones infundadas, los insultos —seguidos efectivamente de disculpas, pero que seguían siendo insultos—, años de una violencia que no siempre dejaba huellas en el cuerpo, pero que quizá hería mucho más profundo: el acoso sistemático. Se trataba de años de humillación sorda, de dominio apenas perceptible, pero real. Donde el amor del comienzo no excusaba nada. Donde la ilusión de los inicios no exoneraba de ninguna falta.

Presentó el anuncio de la ruptura como la demostración de que nuestra madre por fin había decidido, después de un primer intento, escapar de este yugo. «Salvarse», en todos los sentidos de la palabra, porque probablemente había presentido que «su vida estaba en peligro».

Sin vacilar, la abogada retrató a nuestro padre como un hombre narcisista, dominante y aterrado ante la idea de ser abandonado: «En el fondo, sólo se ama a sí mismo y no concibe que no se le ame de regreso. Posee una idea de la virilidad forjada por su historia personal y familiar. Sin embargo, tiene miedo como un niño. Miedo de ser olvidado en una feria».

La perspectiva de una separación, por lo tanto, le parecía una desposesión intolerable. «No se equivoquen, señoras y señores del jurado, esto es un crimen de posesión. Este hombre creía que su esposa le pertenecía, que era de su propiedad, la consideraba su objeto. La muerte era para él la única manera de impedirle recuperar su libertad».

Subrayó la «violencia extrema» de la escena. «El asesino se ensañó con su víctima. Escucharon bien: se ensañó». Pidió a todos que imaginaran los golpes repetidos, los gritos, la piel lacerada, los tejidos desgarrados, los órganos vitales afectados, el charco de sangre: «Esta muerte no es una metáfora. Es muy real, muy brutal, muy sangrienta. Había ferocidad, bestialidad, una voluntad indiscutible de matar, de masacrar». Los miembros del jurado escucharon estupefactos, horrorizados.

Y, para que nadie pusiera en duda sus palabras, mostraría al tribunal una foto del cadáver de mi madre. Me lo había advertido un día antes, sugiriéndome que cerrara los ojos cuando llegara el momento. Léa, que aún no había testificado, no estaba en la sala. No era un espectáculo para un hijo, y yo estaba decidido a obedecerla. Sin embargo, cuando mostró la imagen, el horror en el público fue tan evidente que no pude evitar mirar. La abogada tenía razón: no debí haberlo hecho, ni siquiera furtivamente. Era una imagen inconcebible, insoportable, imborrable. Me perseguirá el resto de mi vida.

La abogada refutó entonces con firmeza la teoría «descabellada y grotesca» de la ausencia de discernimiento. Es más, «ningún tribunal la ha respaldado jamás». No era más que el miserable argumento de los cobardes. «Este hombre sabía lo que hacía, lo sabía a la perfección». La prueba estaba en que no esperó aturdido a la policía, no; huyó inmediatamente, como huyen los cobardes; se escondió, como se esconden los que son conscientes de sus actos; y no se entregó, porque era la única manera que tenía para poder eludir las consecuencias de sus actos.

Para finalizar, la abogada volvió una última vez sobre «nuestra madre», una mujer que había cruzado la puerta de una estación de policía, que había tenido que reunir el valor para hacerlo, pero que no había sido escuchada, «al igual que cientos de víctimas antes que ella, todas muertas o marcadas para siempre». ¿Queríamos que eso se repitiera, que continuara? Nuestra madre, aunque única, de repente era todas las mujeres.

El fiscal pidió cadena perpetua.

47

Ahora quiero hablar del momento más estremecedor de este juicio: el testimonio de Léa.

Subió al estrado con timidez. Llevaba un vestido de primavera y unas botas Dr. Martens que le conferían un aire más maduro o añadían un toque extraño a su apariencia. Enseguida se hizo evidente que el público contuvo por un segundo la respiración. Había en el aire una energía, una atención. Todos los miembros del jurado parecían empatizar con el esfuerzo que estaba haciendo mi hermana. Incluso nuestro padre esbozó una sonrisa que yo quise leer como un gesto compasivo.

La jueza se dirigió a ella sin ningún sentimentalismo, con una neutralidad que redujo un poco la tensión (hizo bien, no era conveniente que todo se fuera hacia la conmiseración). Léa tuvo que declarar su identidad y especificar su edad, lo que equivalía a verbalizar su adolescencia, pero no tuvo que hacer un juramento porque pertenecía a la familia del acusado. Se le preguntó si deseaba hacer una declaración espontánea y ella negó con la cabeza. La jueza la invitó a expresarse en voz alta y clara. Ella reiteró su «no». Este rechazo había sido acordado con nuestra abogada, quien prefería que mi hermana testificara guiada por sus propias preguntas.

Entonces, Léa habló.

Yo me sabía todo de memoria, todo. Sin embargo, me sentí desconcertado porque su testimonio me devolvió bruscamente al momento de la llamada telefónica en la que me había dado la noticia. Me sorprendió descubrir que en todo ese tiempo habíamos persistido en la convención de no hablar del tema: descubrí que Léa era capaz de contar la historia, de darle forma, de inscribirla en una cronología.

Sobre todo, pude notar el efecto que sus palabras, su voz suave, a veces vacilante, sus sollozos reprimidos y sus inevitables pausas causaron en el jurado. Seguro se decían: una niña no debería de haber presenciado algo tan terrible. O quizá pensaban: ¿cómo podrá llevar una *vida normal* después de esto? Todos querían abrazarla. Algunos también miraban sus zapatos, sus extrañas Dr. Martens: ¿no la habíamos perdido ya?

Durante todo ese tiempo, tuve miedo de que flaqueara. Me refiero a que se derrumbara, que no pudiera hacerlo, que fuera demasiado duro para ella. Yo prestaba una atención exagerada a las inflexiones de su voz, al nerviosismo de sus manos cruzadas sobre el estrado, al movimiento vacilante de sus piernas. Estaba listo para intervenir si fuera necesario; pero ella no se derrumbó. Con derrumbarse me refiero a que no se atreviera a enfrentarse a nuestro padre, a que de repente sintiera lástima por él, que retrocediera en sus declaraciones, que las suavizara o que cediera a los ataques de la parte contraria, pero no sucedió. Le costó, lo sé. Más tarde, me confesó: «Cada vez que sentía que se ponía difícil, pensaba en la foto de mamá, la que estaba sobre su ataúd, y en los ángeles en los vitrales de la iglesia».

Finalmente, cuando estaba a punto de bajarse del estrado, Léa se aclaró la garganta y murmuró: «Hay algo más que me gustaría decir… Algo que no he contado…». Al instante, me enderecé en el asiento junto con un susurro generalizado de la audiencia. La abogada me lanzó una mirada preocupada a la que respondí encogiéndome de hombros, no sabía nada.

«Cuando me incliné sobre mi mamá, descubrí que no estaba muerta. Aún le quedaba algo de fuerza. Agarró mi brazo… Intentó hablar, pero no pudo. Entonces, ¿cómo les explico…? Sus ojos hablaron por ella… Había terror en sus ojos… Porque había comprendido que iba a morir, que ya no estaría allí para protegernos. Finalmente, logró articular el comienzo de una frase: "Prométeme que…". Justo después, su cabeza cayó, había terminado… Y yo, nunca sabré qué promesa debo cumplir».

Se produjo un silencio absoluto por unos segundos antes de que un montón de personas en la audiencia estallaran en sollozos, yo el primero. La abogada se quedó boquiabierta. La jueza bajó la cabeza y buscó mantener la compostura mientras hojeaba el pesado expediente que tenía delante de ella. Entre los jurados, algunos se llevaron la mano a la boca para sofocar un grito, fue una sacudida demasiado grande. Incluso Pierre Verdier, que estaba de pie al fondo de la sala, tuvo que sentarse por el impacto. Así que sí podía quebrarse, eso era reconfortante.

Cuando Léa volvió a su asiento, mi papá, que ya no tenía casi ninguna posibilidad de salirse con la suya, estaba acabado. Léa le dirigió una última mirada, molesta y dolorosa. Me pareció que le decía: «Yo te quería, ¿por qué tuviste que destruir nuestras vidas?».

Nuestro padre fue condenado a cadena perpetua, con posibilidad de libertad condicional después de los veintidós años.

48

Ingenuamente habíamos creído que esto de algún modo se había terminado. Nuestra madre descansaba en un cementerio, donde la visitábamos algunos domingos y le dejábamos flores. Nuestro padre languidecía en prisión sin que nos preocupáramos por él. La casa había sido vendida por una miseria, había sido necesario hacer ese esfuerzo para que la gente pasara por alto su mala reputación y la comprara. Nos arreglábamos para evitar pasar tiempo en nuestro antiguo vecindario. Nos telefoneábamos con la Sra. Bergeon. Lo peor parecía quedar atrás.

Íbamos a «recuperarnos», llegó a profetizar nuestro abuelo. Me llamó la atención esta expresión. Implicaba un intento de recuperar la vida que teníamos antes, pero eso era imposible. La vida que teníamos antes no la recuperaríamos nunca: se había acabado la inocencia, se había acabado la despreocupación, se había agotado la esperanza de un destino mejor. Sólo quedaba esperar que algún día pudiéramos superar nuestra conmoción cerebral; vivir con nuestras heridas e intentar sobrellevar la carencia. Sin embargo, vivimos unos meses de calma. Una calma que sentimos precaria, amenazada a cada instante, pero que daba la ilusión de un cierto equilibrio, antes de darnos cuenta de que, en realidad, era peligrosamente engañosa.

Por mi parte, me esforcé por agarrarle el gusto a la enseñanza de jóvenes. Sin embargo, tenía que admitir que en realidad no disfrutaba mi trabajo. En primer lugar, era una tarea ingrata: tenía que motivar a niños que se aburrían o se desanimaban con la misma rapidez; niños de clase media sin más talento que la ambición de sus padres. Tenía que repetir las mismas frases, los mismos ejercicios, los *demi-pliés* y los *développés*, sin ver ningún progreso real, sin detectar ningún potencial, sin esperar encontrar un prodigio que pudiera marcar la diferencia, y no podía evitar pensar en París. Me decía a mí mismo: tal vez ahorita ya sería primer bailarín, estaría pisando el escenario de la Ópera Bastille, interpretando a Des Grieux en *Manon Lescaut* o al príncipe Sigfrido en *El lago de los cisnes.* Sería una vida hermosa, la vida que había soñado. Recibía noticias de unos y otros, observaba sus trayectorias, sin embargo, las noticias se volvían cada vez más escasas, porque me resultaban crueles y porque mis antiguos compañeros seguían adelante y poco a poco me olvidaban.

Estar consumido por la frustración no ayuda a sanar.

Por las noches, no era raro que me escapara a Buerdeos para pasar el rato en el Coco Loko. Bailaba hasta morir al ritmo de música pop cursi que me relajaba, o de un sonido electrónico que me llevaba a un trance, con los cabellos pegados a las mejillas y mis camisetas empapadas de sudor. Bebía más de la cuenta, mezclando licores, cócteles, tomando la cerveza caliente que algún cliente dejaba en el fondo de un vaso de plástico. A veces aceptaba el éxtasis que algún desconocido me ofrecía y me lo metía escondido detrás de la puerta de servicio. Justo antes de que cerraran, me unía a las *drag queens*. Algunas se convirtieron en mis amigas y, alrededor de las dos de la mañana, nos encontrábamos bailando en los alrededores del Mercado de los Capuchinos, en medio de una fauna extraña, entre los olores sucios del lugar. También solía irme con algún desconocido a su habitación de estudiante o a su lujoso apartamento en la Plaza de la Bolsa. Cogía sin darle la menor importancia, me iba tan pronto como terminaba el asunto, tomaba el primer tranvía por la mañana para volver a Blanquefort, antes de que mi hermana y mi abuelo se despertaran.

A veces, me lamentaba por no estar enamorado, por no encontrar a alguien con quien pudiera unirme, pero luego comprendía que eso no era para mí, que era incapaz de tener una relación afectiva estable.

Quizás los hombres me daban miedo. Los hombres eran asesinos.

Quería creer que era cosa de la juventud, pero había llegado el momento de admitir que la juventud no tenía nada que ver: yo estaba a la deriva, de eso no había duda, era obvio para todos, y esta evidencia me estaba alcanzando.

En efecto, no era realista esperar deshacerse del trauma *con el tiempo*. La violencia del *shock* permanecía extrañamente intacta y las pesadillas no disminuían. Necesitaba ayuda. Así que tomé la decisión (vertiginosa para mí) de ir a terapia. Si yo mismo hablaba con un psiquiatra, si *hablaba* de esta violencia, podría tener una oportunidad de mejorar.

No olvido mi primera sesión. Me comporté bastante arrogante, evitando hablar una vez más de lo que importaba. Cuando se despidió de mí, la terapeuta me dijo con una voz suave, pero firme: «Entiende esto: tú eres el que está en juego, de nada va a servir que evadas». En la siguiente sesión, comencé a corregir el rumbo.

49

En su caso, Léa, a quien yo creía que el juicio la iba a liberar, estaba estancada. Sus resultados escolares seguían siendo mediocres. Sus amigas cada vez venían menos a visitarla. Un día, me encontré a una de ellas en la acera de en frente y me dijo desesperada: «Léa es demasiado deprimente». Casi no hablaba cuando se reunían, nunca expresaba ningún deseo particular. Se había convertido en «una carga, lo siento por decirlo, pero es verdad», agregó la amiga. Parecía incluso estancada en su desarrollo. Su edad física no correspondía a su edad mental; seguía siendo una niña, al menos intelectualmente. Como si el tiempo se hubiera detenido o, al menos, como si éste pasara más lento para ella.

Mi abuelo y yo no teníamos ningún apoyo adicional. No había otros amigos, no quedaba familia, los allegados eran escasos. Todo lo que teníamos para ofrecer era nuestro gran amor, nuestro pobre amor.

El golpe final llegó cuando, una mañana, recibimos una llamada de la prisión: nuestro padre había intentado suicidarse la noche anterior. Había sobrevivido, pero se encontraba en mal estado, lo estaban cuidando en la enfermería. El rostro de mi hermana se transformó de inmediato. «Quiero verlo», murmuró entre dientes. Había tanta determinación en su expresión que ni siquiera intenté disuadirla.

Como yo no podía ni siquiera considerar volver a tener contacto con aquél que era la fuente de nuestra desgracia, acordamos que mi abuelo la acompañaría. Los vi partir y fue como ver al ganado caminando hacia el matadero. No esperaba nada bueno de ese reencuentro. Reabriría las heridas, borraría los esfuerzos de mi hermana por superar su duelo, la haría retroceder. Peor aún, probablemente empeoraría su desequilibrio si se dejaba impresionar por el estado del detenido; la desorientaría aún más. En ese momento, no sabía cuán acertadas serían estas conjeturas...

A su regreso, aunque yo no quería saber nada, ella insistió en contarme sobre su visita a la prisión. Me habló de la pesada puerta, de los papeles que tenía que presentar, de las cosas personales que tuvo que dejar, de los controles que tuvo que pasar, de las compuertas, de los pasillos con pintura descarapelada, del penetrante olor a sudor, de los ruidos lejanos, incomprensibles, de un guardia que fue amable, de la diminuta sala donde le pidieron que se sentara, de la espera, de su atención ansiosa —todo el tiempo se mantuvo en estado de alerta—, de la desaparición del mundo exterior: todos los ruidos llegaban amortiguados, la ventana era opaca, las reglas no eran las mismas, si algo le pasaba, ¿quién se daría cuenta?

Me describió el momento en el que apareció mi padre, debilitado, delgado, sin afeitar, un fantasma, un espectro. Le dio lástima. Llevaba vendajes en las muñecas para ocultar las cortadas que se había hecho con un cuchillo robado de la cocina. Colocó sus manos sobre las de su hija y ella no las retiró. Le preguntó cómo estaba. Ella no supo qué responderle, no le devolvió la pregunta. Entonces, él le explicó que había intentado suicidarse no porque ya no soportara estar encerrado o por la locura de estar privado de su libertad hasta el final de sus días, sino porque estaba consumido por la culpa y la tristeza. Su acción lo atormentaba. No podía dormir. Quería que «todo se detuviera». Léa me aseguró que le creyó en ese instante, que probablemente no debió hacerlo, pero «así fue». Cuando regresó a casa, todavía lo creía, un poco menos, pero lo hacía.

No me atreví a contradecirla. Después de todo, tal vez estaba diciendo la verdad. Sin embargo, yo necesitaba que mi padre desempeñara el papel del villano. Sólo así podía mantenerme a flote. Tenía que ser blanco o negro. No soportaba la zona gris a la que Léa quería evolucionar.

Ella tampoco lo toleraba. No sabía cómo lidiar con eso.

Y además, ¿qué cambiaban los remordimientos tardíos de mi padre? Había matado a nuestra madre. Nadie nos la devolvería.

Por cierto, ¿por qué tan tarde estos remordimientos? Hubiera sido mejor expresarlos al principio del juicio en lugar de intentar salir del paso presentándose como un esposo perfecto y pretendiendo no ser responsable. Yo no podría olvidar eso.

Y si su suicidio hubiera tenido las consecuencias que esperaba, ¿no nos habría arrastrado un poco más hacia el fondo de este hoyo a Léa y a mí? Incluso sin haber terminado en tragedia, su intento de quitarse la vida ya nos estaba lanzando por los aires.

Aun así, me quedé callado. Dejé a mi hermana con su ambivalencia y volví a mi radicalidad. Nuestros caminos se separarían aún más. Lo que no sabía en ese momento era quién de los dos había tomado el camino correcto. Si es que existía este camino.

Lo que sé, sin embargo, es que su deterioro se aceleró. Unas semanas más tarde, descubrí que se estaba autolesionando.

50

Evidentemente, ella no me dijo nada al respecto. La automutilación es primero un gesto íntimo, un acto secreto.

Lo que me alertó fue verla usando un suéter de manga larga cuando el verano se acercaba y el calor intenso se había instalado en la región. Cuando le pregunté, fue evasiva. Y cuando insistí, se puso combativa, algo inusual en ella. Una alarma se encendió en mí de inmediato, y en contra de todos mis principios, me atreví a agarrarle el brazo y a subirle una de las mangas. Lo que vi entonces me horrorizó.

En todas partes había cortes, más o menos extensos, más o menos superficiales, que pudieron haber sido hechos con una navaja de afeitar o con la punta de un cuchillo.

Miré a Léa como si fuera una extraña. Era consciente de su sufrimiento, veía su abatimiento cada día, pero nunca imaginé que el dolor pudiera manifestarse de esa manera.

Lo que me tranquilizó (aunque «tranquilizar» sea una palabra demasiado grande), fue que no me gritó, no retiró su brazo ni huyó. En su lugar, me ofreció una mirada miserable, derrotada. Pensé que quizá se sintió aliviada de que hubiera descubierto su horrible ritual clandestino.

Entonces me confesó que lo de las mutilaciones llevaba meses. Un día, Léa no recordaba por qué, pero tomó el compás de su estuche delante de ella, se cortó la piel y eso la hizo sentirse bien. Así que rápidamente comenzó de nuevo. Como temía ser descubierta, eligió lugares ocultos: los muslos, el vientre.

Hablaba con una especie de dulzura, de tranquilidad. Yo la escuchaba y sentía ganas de vomitar.

Cuando terminó de contarme, tal vez debí haberme mostrado amable, afectuoso, pero no, la agarré por los hombros y grité: «Debes parar con esto, inmediatamente». Mi furia la sorprendió. Las cosas eran más graves de lo que ella pensaba. Y es que en el fondo, mi hermana se había acostumbrado a esas incisiones, no veía nada alarmante en ellas. Al contrario, eran una fuente de alivio. A su manera, estaba exteriorizando algo, liberándose de toda la carga emocional. Desde su punto de vista, yo habría tenido que darle casi la razón. Mi furia la desconcertaba y, sobre todo, la devolvía a la realidad: esas heridas que se infligía no tenían nada de curativo, nada de bueno.

El mismo día, compartí mi descubrimiento con mi terapeuta, quien confirmó mis peores temores. Desde un punto de vista psicológico, se trataba de una agresión que dirigía hacia sí misma. El hecho de que las heridas estuvieran ocultas no era simplemente comodidad, aquello indicaba que el malestar era profundo. El trauma no había sido digerido en absoluto. Luego agregó un comentario que tomé como quien se agarra a un salvavidas: esta mutilación correspondía a una necesidad de recuperar el control sobre sí misma. El dolor controlado, porque estaba controlado por extraño que parezca, era el medio que mi hermana había encontrado para salir de su pasividad.

Ahora bien, el consuelo que sentí con las palabras de la terapeuta fue efímero. Y es que, un momento después, agregó: «Debes saber que las autolesiones pueden ser señales de advertencia de un intento de suicidio». Léa debía volver con un profesional (había dejado las sesiones después de unos meses y no nos habíamos atrevido a obligarla a continuar). Si se negaba, entonces tendría que tomar medidas.

Léa se negó.

51

Han pasado dieciocho meses desde que mi hermana asiste a esta «institución especializada», como se les llama de manera eufemística.

Pero estoy yendo demasiado rápido. Al principio, armé una estrategia, hice que un psiquiatra viniera a nuestra casa sin mencionar su profesión. La idea era que entablara una conversación con ella sin que se diera cuenta de nada. Léa se mostró accesible. ¿Realmente lo creyó o había entendido la trampa? Sea como sea, el veredicto fue claro: sufría de una depresión severa por la que requería ser internada de inmediato. Mi hermana se opuso, así que tuvimos que recurrir a una hospitalización a petición de un tercero. El tercero era yo.

El objetivo en ese momento era protegerla contra cualquier *impulso de atentar contra su vida.*

En esa ocasión, el médico me explicó que no servía de nada que me agotara tratando de ayudarla. No dudaba de mis buenas intenciones, pero yo simplemente no podría sacarla adelante porque no estaba capacitado para eso, pero había personas que sí.

Sin embargo, cuando firmé el documento que estaba frente a mí, donde, con mi puño y letra, privé a mi hermana de su libertad, decidiendo por ella lo que era mejor, me perseguirá por mucho tiempo.

En el hospital, el estado de Léa generaba una gran preocupación.

Yo aún creía (necesitaba creer) que sólo estaba pasando por un episodio de melancolía y abatimiento. «Nos aseguraremos de que se alimente de forma adecuada, de que vigile su higiene y trataremos de hablar con ella», me dijeron. Eso fue suficiente para que yo pudiera admitir que el problema estaba en otro nivel.

Inició la terapia de apoyo psicológico y la combinaron con un tratamiento a base de ansiolíticos. Me hablaron de benzodiazepinas, de neurolépticos sedantes. También le administraron somníferos al principio. Yo estaba aturdido.

Cada día me preguntaba si había tomado la decisión correcta, si el remedio no era peor que la enfermedad, si no era mejor sacarla de esa institución. «Entendemos tus interrogantes y tu culpa; pero nuestro deber es decirte que, si la llevas de vuelta a casa, no podemos descartar que atente contra su vida», me respondían.

Después del hospital, fue admitida aquí. Visto por afuera, parece un hotel de gama media, como un Ibis, rodeado de cipreses. Por dentro, es un poco igual. Tonos pastel, pasillos tranquilos, habitaciones individuales con su pequeño balcón. Lo que rompe con esta ilusión son los uniformes del personal, obviamente, y los gritos que se escuchan de vez en cuando. O la mirada de un paciente que alucina o la mirada apagada de otro. O el andar errático de un tercero. Entre estas paredes, se tratan los trastornos bipolares, los obsesivos compulsivos, los ataques de pánico, las fobias, las adicciones, la anorexia, la bulimia, los delirios de persecución y múltiples síndromes que se han vuelto familiares para mí.

Léa se ha estabilizado de manera gradual, pero su estado es casi «vegetativo». Ya no se autolesiona ni se hace daño, sólo existe en una especie de apatía, de indolencia. No puedo decir cuándo saldrá de eso. Me aseguran que lo hará. Debo tener paciencia.

La llamo todos los días y la visito cada fin de semana. Cuando hay buen clima, nos sentamos en el jardín donde tiene una banca favorita que nadie le disputa, justo al lado de un limonero. De hecho, hace poco vio un documental sobre los limoneros de Sicilia, grabado cerca de una ciudad llamada Noto, y me rogó para que le prometiera que iríamos algún día. Se lo prometí. También me contó que Pierre Verdier había ido a verla, y eso me conmovió de manera tonta.

Cuando el abuelo me acompaña, ella siempre le pregunta: «¿Cómo va el negocio?». Y él siempre responde que va bien. No le menciona que la gente cada vez lee menos los periódicos o que compra menos cigarros. Ella necesita creer que algunas cosas permanecen.

(Al escuchar su conversación, en cierto modo predecible, a veces recuerdo cuánto quería yo, cuando era adolescente, un destino fuera de lo común, y tal vez por eso me atrajo la danza. No soñaba con la fama, o no tanto, soñaba con algo único, alejado de la rutina, algo que me llevara a otros territorios. Hoy en día, podría suplicarle a un dios imaginario que me devuelva una vida simple. Hoy, una charla tranquila en una banca es suficiente para reconfortarme).

Algunas tardes, pasamos horas sin decir nada.

De hecho, fueron esa quietud y esa languidez las que un día me llevaron a decidir escribir nuestra historia. Viendo a Léa atrapada en su propia oscuridad, me di cuenta de que, para el mundo exterior, nosotros éramos tan sólo víctimas *colaterales*. Por esa razón, fuimos consignados a ser víctimas invisibles y silenciosas. Me niego a resignarme a esa invisibilidad, a ese silencio.

Creo que también escribo para intentar reconstruir nuestras vidas. Tenemos todo el derecho.

Quisiera contar algo más: este domingo llevaré a Léa a Arcachón. Comenzaremos por la Ville d'Hiver, ese tesoro escondido en lo alto, con sus extravagantes casas que dominan la cuenca. Admiraremos las fachadas de ladrillo, los balcones coloridos, las ventanas voladas; imaginaremos a las mujeres que suelen instalarse en sus porches al final del día, o en un jardín a la sombra de un pino piñonero. Luego descenderemos lentamente hacia la costa. A Léa le gustan los paseos por la playa. Tal vez sonría, para hacerme creer que está mejor, o improvisará un paso de baile, «como lo hacía mamá». Me encantaría ver a mi hermana bailar.